KB079056

인 생 의  위 기 를  극 복 하 는

# 용기의 기술
# SISU

결코 포기하지 않는 핀란드의 정신, **시수 SISU**

인생의 위기를 극복하는

# 용기의 기술
# SISU

결코 포기하지 않는 핀란드의 정신, **시수 SISU**

Joanna Nylund

페이퍼가든

# 인생의 위기를 극복하는 용기의 기술

결코 포기하지 않는 핀란드의 정신, 시수 SISU

초판 1쇄 펴낸날  2018년 8월 1일
글 조애나 닐룬트 | 옮김 김완균
펴낸이 심준엽 | 편집 신유미 | 디자인 씨엘
펴낸곳 페이퍼가든 | 출판등록 2017년 5월 25일(제2017-000029호)
주소 서울시 양천구 목동서로 280 1층 106호 | 전화 070.7310.8808

SISU: THE FINNISH ART OF COURAGE
First published in Great Britain in 2018 by Gaia,
A division of Octopus Publishing Group  Carmelite House,
50 Victoria Embankment  London, EC4Y 0DZ
Design and Layout Copyright © Octopus Publishing Group Ltd 2018
Text Copyright © Joanna Nylund 2018
All rights reserved.
Joanna Nylund asserts the moral right to be identified
as the author of this work.
Korean Translation Copyright © Paper Garden 2018
This edition is published by arrangement with
Octopus Publishing Group Ltd through KidsMind Agency, Korea.

이 책의 한국어판 저작권은 키즈마인드 에이전시를 통해
Octopus Publishing Group Ltd.와 독점 계약한 페이퍼가든에 있습니다.
신 저작권법에 의해 한국 내에서 보호를 받는 저작물이므로 무단전재와 복제를 금합니다.
이 책의 내용 일부 또는 전부를 재사용하려면 반드시 저작권자와
페이퍼가든의 동의를 얻어야 합니다.

ISBN 979-11-961560-8-4 (03810)

이 도서의 국립중앙도서관 출판예정도서목록(CIP)은 서지정보유통지원시스템
홈페이지(http://seoji.nl.go.kr)와 국가자료공동목록시스템
(http://www.nl.go.kr/ kolisnet)에서 이용하실 수 있습니다.

• 정가는 뒤표지에 있습니다.  • 잘못된 책은 바꿔 드립니다.

국립중앙도서관 출판예정도서목록(CIP)

인생의 위기를 극복하는 용기의 기술 : 결코 포기하지 않는
핀란드의 정신, 시수(Sisu) / 글 : 조안나 니룬드 ;
옮김 : 김완균. --[서울] : 페이퍼가든, 2018
    p. ;  cm
원표제 : Sisu : the finnish art of courage
원저자명 : joanna Ny lund
영어 원작을 한국어로 번역
ISBN 979-11-961560-8-4  03810 : ₩14800

자기 계발 [自己 啓發]
응용 심리학 [應用 心理學]

189-KDC6
158-DDC23                      CIP2018011441

# 차 례

# 시수에 대하여

●●●●●●●●●●●●●●●●●●●●●●●●●●●●●●●●

"이것은 신화이다.
하지만 또한 실제이기도 하다.
이것은 한 나라의 상징이며,
타고난 정신이자 직관이다."

시수는 무엇이고, 왜 필요할까?
핀란드를 상징하는 시수가 무엇이고,
어떻게 해야 내 인생의 목표와 행복에
도움이 될 수 있는지 알아보자.

# 시수란 무엇일까?

## – 소개하기

시수는 아마도 핀란드 사람들이 가장 좋아하는 단어일 것이다. 시수는 1920년대에 들어서며 많은 사람들에게 알려지게 되었지만, 사실상 아주 오래 전부터 비롯되었다. 이 말을 명쾌하게 대신할 단어를 찾기는 쉽지 않다. 용기와 회복력, 투지, 끈기 그리고 인내심을 혼합한 의미라 할 수 있는데, 이 모든 의미는 한 국가의 운명뿐만 아니라 핀란드 국민 개개인의 삶에서도 온전히 적용되었다.

전 세계인들을 대상으로 벌인 행복에 관한 설문 조사에서 늘 높은 순위를 차지하고 있는 핀란드는 유럽의 북동쪽 한 모퉁이에 자리한, 대략 550만 명의 사람들이 사는 작은 나라이다. 하지만 그럼에도 불구하고 핀란드는 조용하고도 절제된 방식으로 자신들의 존재를 세상에 알렸다. 누구든 큰소리치거나 떠벌리는 핀란드 사람을 찾으려 한다면 아마도 꽤나 애먹을 것이다. 그들은 자화자찬을 극히 예의 없고 점잖지 못한 행동으로 여기기 때문이다. 핀란드 사람에게 당신들의 성공 비결이 무엇이냐고 물어본다면, 아마도 그들은 단지 어깨를 으쓱해 보이거나 혹은 그런 것은 없다며 웅얼거릴 것이다. 그러나 그들은 그것이 시수 덕분이라고 믿고 있다. 여러분도 곧 알게 되겠지만, 핀란드 사람들은 내심 그들의 시수를 자랑스러워한다. 그렇다면 핀란드 사람들에게 행복의 의미는 무엇일까? 최근에 이루어진 설문 조사 결과에 따르면, "자연 속에서 즐기기"와 함께 가장 중요한 행복의 요소로서 평화와 고요, 질서, 자립, 기능성 그리고 공정성 등이 높은 순위를 차지하고 있다. 이러한 핀란드인들의 이상은 오늘날처럼 안락한 생활이 보장되는 시대에도 혹독한 환경 속에서 결핍에 맞서 싸워야만 했던 지난 역사로부터 영향받고 있다. 그리고 이는 풍요로움이 가득한 오늘날에도 무엇 때문에 여전히 기본적인 편의 시설(46쪽 참조)조차 없는 여름용 오두막을 선호하는지 그리고 왜 그처럼 기후에 대해 애증을 갖고 있는지를 설명해 준다. 시수는 궁극적으로 핀란드가 그들의 미래를 여러 차례에 걸쳐 다시 건설하는 과정에서 이미 그 가치를 입증해 보였다. 핀란드에서 태어나고 자란 나는 시수를 인생의 가장 주도적인 정신적 가치로 인식하고 있고, 우리 모두에게 많은 것을 줄 수 있으리란 걸 믿어 의심치 않는다.

# 핀란드인으로 성장하기
– 핀란드 사람들과 시수의 관계

아주 오래전부터 뿌리 깊이 몸에 밴 다른 많은 문화적 특성과
마찬가지로, 시수 역시 바로 이것이라고 규정하기가 결코 쉽지 않은
개념이다. 그렇다면 우리는 시수에 의해 짜여진 문화적 맥락을
어디에서부터 찾아낼 수 있을까? 아주 오랫동안 잘 간직되어 온
시수의 비밀을 알아보려면 조금은 면밀한 접근이 필요하다.

내 오랜 친구에게 이 책을 쓰고 있다고 하자 그 친구가 내게 말했다.
"시수는 우리가 누군가에게 한 번쯤 가져 보라고 권하고 싶은 가장 멋진
것들 가운데 하나일 거야. 그렇지 않아? 난 우리 부모님께서 처음으로
시수에 관해 이야기해 주었던 때가 아직도 생생하게 기억나."

## 보이지는 않지만 어디에나 존재하는 힘

시수는 비록 눈에 보이진 않지만 핀란드에서 자라난 누구에게나
그리고 어디에나 존재하는 개념이다. 시수는 핀란드의 민족적인 특성
그 자체이며, 흔히 말하는 것보다 더 많은 경우에 영향을 준다. 심지어
어떤 이들은 시수를 먼저 이해하지 않고서는 핀란드와 핀란드인들을
이해하는 것은 불가능하다고까지 말하기도 한다.
시수는 핀란드인들이 가장 높이 평가하는 특성이며, 그들은 시수가
자신들에게 자유와 인내를 주었다고 믿는다. 핀란드에서는 시합이나
시험 전날이 되면 부모님들이 아이들에게 그들 자신의 내면 속 시수를
느껴 보라고 격려한다. 누군가에게 시수를 갖고 있다고 말해 주는 것은
그를 북돋워 주는 효과가 있다. 반면에, 시수가 부족하다고 말하는 것은
상대적으로 그의 자부심을 위축시키는 결과를 가져 온다.
물론, 이 같은 주장을 명확히 입증해 내기는 쉽지 않지만 시수가
중요하다는 한 가지 사실만큼은 확실하다.

# 시수란 무엇인가?
## – 그리고 시수가 아닌 것은 무엇인가?

시수는 핀란드어에서 적어도 500년 이상 존재해 온 개념이다. 문자 그대로의 뜻은 우리 몸속의 내장이며, 이는 힘의 근원인 배에서 우리의 확고한 투지가 생겨난다는 고대의 믿음에서 비롯된 생각이다. 야심이 있다는 말을 "배짱이 있다."거나, 뱃심 혹은 배포 등으로 대신 표현하는 것과도 같다.

### 시수는 많은 것들이다…

시수의 의미를 정확하게 정의하기는 결코 쉽지 않다. 영어에는 시수와 비교되거나 대신할 수 있는 유사한 단어가 전혀 없고, 심지어 핀란드어에도 존재하지 않는다. 시수는 의연한 결정, 대담함, 용기, 용맹, 의지력, 끈기, 회복력을 포함하는 한 무더기의 자질들을 모두 모아 놓은 것을 의미하며 활동 지향적인 사고방식이다. 언뜻 보기에는 자신의 능력 밖에 있는 것 같아 보이는 도전을 기꺼이 떠맡을 때 시수는 비로소 활동을 시작한다. 역경과 주위의 반대로 포기하고 싶을 때, 오직 자기 자신의 용기만이 그 같은 역경과 반대를 견뎌 낼 수 있을 때, 시수는 바로 그때 진정으로 필요하다.

### …그러나 허세는 아니다

핀란드인들은 말수가 적고 얼굴에 표정을 잘 드러내지 않는다. 그건 아주 자유롭게 감정을 표현하는 문화 속에서 살고 있지 않기 때문이다. 이는 굳이 말을 해야 할 필요가 없다는 시수의 본질적인 특성 중 하나와도 통한다. 어떤 종류의 거들먹거림이나 자신의 용맹을 과장해 떠벌리는 행위도 시수 안에서는 설 자리가 없다. 단지 시수를 가지고 있다고 말만 하는 것은 진정한 시수가 아니다. 그러니까 시수는 행동으로 말해야 한다.

# 당신은 시수를 가지고 있다
– 이제 시수에 대한 탐구를 시작하자

## 시수 용어사전

시수카스 *Sisukas*: "시수로 가득 차 있는"이라는 의미의 형용사 = 올레트 시수카스 *olet sisukas*

시수카아스티 *Sisukkaasti*: "시수를 가지고 무언가를 하는 것"

시술라 *Sisulla*: "시수를 거쳐서"

**어쩌면 당신은 자신이 가지고 있는 그 무엇인가를 단지 하나의 단어로 표현하지 못했을 뿐, 자신의 시수를 이미 활용했을 가능성이 높다.**

분명히 짚고 넘어가자면, 시수는 핀란드 사람들에 의해 병에 담기고 상표가 붙여졌을 뿐, 전 세계적인 특성이다. 시수는 이제 핀란드를 벗어나 모든 사람들의 손이 닿는 곳에 존재한다. 어쩌면 시수는 이미 당신 가까이에 존재하고 당신은 물론, 주변 사람들과 친해졌을 가능성이 아주 크다.

▶ 마지막 몇 킬로미터는 끔찍할 만큼 힘들고 괴로웠지만, 당신은 포기하지 않고 결승점까지 완주했다.

▶ 비록 결혼 생활을 지켜 내는 게 멀고도 험한 길이었지만, 당신은 결혼 생활을 끝내 포기하지 않기로 마음먹었다.

▶ 칠흑 같은 힘든 시간 속에서도, 당신은 포기하지 않고 계속 나아가게끔 도와주는 용기가 솟아나는 것을 느꼈다.

이런 예시 말고도, 시수에는 무엇이 더 있을까? 시수는 분석될 수 있고 전략적으로 사용될 수 있는 것일까? 우리의 삶을 더 낫게 만들어 줄 수 있을까? 시수 안에서 더 강하게 성장하고, 삶에 시수를 좀 더 활용하고 싶다는 생각이 든다면, 이 책은 바로 당신을 위한 것이다.

# 시수와 관련된 명언들
## − 사우나에서 사탕까지

핀란드 사람들의 일상에서는 시수와 관련된 명언들을 어렵지 않게 찾아볼 수 있다. 시수는 특유의 긍정적인 연관성 덕분에, 일상생활에서뿐만 아니라 상업적인 분야에서도 결코 부정할 수 없는 가치를 갖고 있다.

### 시술라 야 시데멜레
Sisulla ja sydämellä
원래는 1947년에 개봉된 핀란드 영화의 제목이며, "시수와 가슴으로"라는 의미다. 이는 오늘날 널리 사용되는 관용구로써, 우리 모두가 진정으로 원하는 마음가짐을 묘사하는 말이다.

### 래피 하만 키벤
Läpi harmaan kiven
단어 그대로 번역하면 "회색 돌을 지나서"이다. 여기서 "회색 돌"은 핀란드 어디에서나 찾아볼 수 있는 단단한 회색빛 화강암을 이른다. 이 표현은 일상에서 "시수를 갖고 있다면, 어떤 어려움이 있어도 멈추지 않는다."라는 의미로 사용된다.

### 시수, 사우나, 살미아키
Sisu, sauna, salmiakki
이 세 개의 "S"는 그 자체로 핀란드를 정의한다. 핀란드는 이미 전 세계에 사우나를 제공했다. 그리고 시수는 아마도 핀란드가 사우나에 이어 세상 사람들에게 선보이게 될 주요 수출품이 될 것이다. 살미아키는 핀란드 사람들이 가장 좋아하는 단 음식이다. 일종의 짭짤한 감초사탕인 살미아키 역시 큰 인기를 끌게 될 것이라 믿고 있다.

# 내게 닥친
# 어려움에 맞서기

사실상 승리하기 불가능한 전쟁을 치르는 것에서부터 혹독한 기후에 맞서 누가 진짜 주인인지를 보여 주는 것에 이르기까지, 핀란드인들은 다양한 상황에서 시수를 이용한다. 우리가 직면한 난관이 무엇이든, 시수의 극기심이 어떻게 우리를 도와 더 용기 있는 사람이 되도록 하는지 알아보자.

# 시수의 순간
## – 하는 일이 힘들어질 때

우리 모두에게는 시수의 순간이 존재한다. 시수의 순간은 살면서 조금 일찍 혹은 조금 늦게 찾아올 수도 있고 아주 다양한 모습으로 다가올 수도 있다. 여하튼 그때 우리 모두는 포기할 것인지, 아니면 팔을 걷어붙이고 본격적으로 달려들 것인지, 둘 중 하나를 선택해야만 하는 순간에 직면하게 된다.

실패, 질병, 갑작스러운 해고, 실연 등은 누구나 자신에게만큼은 절대 일어나지 않기를 간절히 바라는 일들이다. 하지만 살다보면 이 같은 상황들은 언제든 예고 없이 일어나기 마련이다. 나는 그런 시간들을 "시수의 순간"이라고 부른다. 시수의 순간들은 처음엔 대단하거나 엄청나게 느껴지기 보다는 오히려 두려움을 훨씬 더 많이 불러일으킨다.

상상조차 할 수 없던 일이 자신에게 일어났다면, 시수는 바로 그런 순간들을 위해 필요하다. 시수 전문가인 에밀리아 라티(147쪽의 인터뷰)에 따르면, 시수는 우리가 자신의 한계라고 느끼는 상황에서 비로소 시작된다. 살아가면서 가장 힘든 일들 가운데 하나는 끝이 보이지 않는 난관과 마주하는 것이다. 이 같은 상황은 완전히 새로운 사고방식과 삶의 태도를 요구한다. 우리를 힘들게 하는 역경들이 자꾸만 쌓여 가고, 우리가 현재 또는 과거로부터 비롯된 곤란한 처지에서 빠져나올 가능성이 도무지 보이지 않는 상황, 시수는 바로 그 같은 순간을 위해 존재한다.

> "시수는 산을 뛰어 올라갈 수 있는
> 체력이라기보다, 오히려 한 발을 다른 발 앞으로
> 내딛게 해 주는 힘이다."

# 겨울전쟁
## – 시수가 세계적으로 유명해지다

1939년 가을, 이웃 국가인 소비에트 연방이 핀란드를 침공했다. 시수라는 개념이 가장 실질적인 의미에서 전 세계에 널리 알려지게 된 것은 핀란드 사람들이 그야말로 도전적인 위기의 순간에 직면했던 바로 이때였다.

### 핀란드의 황금시대

소련은 핀란드보다 세 배나 많은 군사와 서른 배 많은 항공기 그리고 백 배가 넘는 탱크들을 소유하고 있었다. 핀란드 사람들에게 다가온 시수의 순간은 누가 봐도 암울한 결과가 예상되었다. 하지만 이는 결국 핀란드의 "황금시대"가 되었다.

핀란드인들에게는 수적인 열세와 부족한 보급품 외에도 걱정해야 할 것들이 더 많이 있었다. 1939년에서 40년으로 넘어가는 겨울은 연일 섭씨 영하 43도를 기록할 만큼 이례적으로 추웠다. 게다가 군복을 입고 무기를 소지하고 있는 건 현역 군인들뿐, 소집된 상당수의 예비군들은 그들 스스로 의복을 마련해야 할 상황이었다.

그나마 핀란드 사람들에게는 몇 가지 이점이 있었다. 우선, 그들은 대부분 크로스컨트리 스키에 숙련되어 있었다. 그리고 그들의 참호를 따뜻하게 유지하고, 옷을 겹겹이 껴입는 것이 추위에 맞서는 최고의 방법임을 잘 알고 있었다. 그들은 아주 가벼운 흰색 위장복을 맨 바깥쪽에 입었는데, 그 덕분에 하얀 눈 속에서 움직여도 거의 보이지 않았다.

핀란드는 전쟁 내내 속도전과 게릴라전을 주요 전술로 펼쳤다. 수적으로 우세한 소비에트 군대를 작은 무리로 고립시킴으로써, 소규모 병력이 자신들의 열세를 최대한 만회하기 위해서였다. 소련 군인들은 눈 속에서 소리 없이 나타나 백발백중 총알을 명중시키는 "핀란드의 유령들"을 점점 더 무서워하게 되었다.

### 시수가 성공하다

역사학자 윌리엄 트로터는 그의 저서 〈얼어 붙은 지옥: 1939-40년의 러시아-핀란드 겨울전쟁〉에서 핀란드 사람들의 승리는 시수 덕분이며, 굳이 충격이라고 말할 것도 없다고 극찬했다. 아울러 핀란드 군대가 소비에트 군대보다 더 많이 소유했던 것은 단 하나, 그들의 시수뿐이었다고 말하고 있다.

# 시수의 비밀
## – 겨울전쟁에서 배울 수 있는 것들

새로운 사실

핀란드의 수오무살미에는 "열린 포옹(Open Embrace)"이라고 불리는 전쟁기념비가 있다. 이 기념비에는 모두 105개의 종들이 (오른쪽 사진 참고) 달려 있는데, 이 종들은 저마다 겨울전쟁의 하루하루를 상징하고 있다.

겨울전쟁은 시수의 수많은 비밀들을 요약해 보여 준다. 이 전쟁은 시수가 세계적인 규모로 소개되었던 첫 번째 순간이었고, 시수로 무장한 행동이 어떤 모습으로 나타날 수 있는가를 보여 주는 실질적인 사례가 되었다.

### 움츠러들지 마라

커다란 도전에 직면할 경우, 자신이 자꾸만 작아지는 것처럼 느껴지기 쉽다. 그러나 이제 나의 관점을 바꾸고, 단점이 오히려 장점으로 작용할 수 있는 방법들을 찾아보자.

### 틀에 박힌 사고방식에서 벗어나라

핀란드의 전시 전략은 게릴라전을 채택하고, 홈그라운드라는 이점을 극대화시키는 것이었다. 그리고 사람들은 식량 공급에서부터 집에서 만드는 지뢰에 이르기까지, 모든 것에 대한 해결책을 스스로 찾아냈다.

### 흔들리지 말고 꿋꿋하게 버텨라

일단 위기에 처하면, 우리는 오직 더 나쁜 일이 일어나지 않도록 하는 데에만 초점을 맞추는 경향이 있다. 그러다 보면 비참함에 빠져 쉽사리 용감해지지 못한다. 하지만 이를 악물고 단단히 버텨 보라. 이러한 버티기는 그리 대단한 방법은 아닐지라도, 결국 승리의 그날을 불러온다.

### 포기하지 마라

윈스턴 처칠은 "우리는 절대 항복하지 않으리라."를 선언함으로써, 영국인들의 가슴속에 내재해 있던 시수를 불러일으켰다. 이것이 바로 시수의 비밀 가운데 하나이다. 극복 불가능해 보이는 역경이 눈앞에 있더라도 결코 포기하지 마라. 시수는 용기이자 긍정적인 결단력이다.

# 21세기를 위한 시수
## – 오늘날에는 무엇을 용기라고 할까

오늘날의 세상이 우리에게 요구하는 것들은 뛰어난 사교성이나 제품을 파는 설득력 등등 전쟁터에서 마주할 상황들과는 명백히 다르다. 도전이라는 것에 대해 어떻게 생각하는가는 우리 자신이 정해 놓은 기준이나 이전의 경험들과 관련이 있다. 내게는 어려운 일이 어쩌면 다른 이에게는 그리 어려운 일이 아닐 수도 있다. 그리고 그 반대의 경우도 가능하다.

중요한 면접시험을 앞두고 지나치게 긴장하고 미리부터 걱정하다, 결국엔 세심히 준비한 면접을 망쳐 버리는 경우가 종종 생기곤 한다. 또는 수줍음을 많이 타는 성격이라 공식 석상에 나서는 것을 싫어하는 사람이 업무상 어쩔 수 없이 대중 앞에서 중요한 발표를 해야만 할 때도 있다. 혹은 극도로 꺼려 하는 무언가를 온 마음을 다 바쳐 해야만 할 때도 있을 것이다. 예를 들어 정말로 하기 싫은 전화를 걸어야만 한다거나, 자신의 사생활이 완전히 허물어져 가고 있음에도 불구하고 회사에서는 아무 일도 없는 듯 태연해야 할 때처럼 말이다.

내가 직면한 도전이 어떤 것이든, 나의 불안을 덜어 주고 내 안에 잠재된 시수를 활용할 수 있게끔 도와줄 준비 단계들을 소개한다.

### 1. 철저히 준비하자

핀란드에는 "준비가 반이다."라는 유명한 속담이 있다. 만약 나를 긴장하게 만드는 무언가를 해야만 한다면, 할 수 있는 만큼 많이 준비하자. 그리고 자신이 생각한 것보다 조금 더 준비하자. 그만큼 충분히 준비해 둔다면, 신경이 예민해지더라도 최소한 내가 맡은 일을 잘 모르거나 실수할까 봐 걱정하지는 않아도 될 것이다.

### 2. 스스로를 돌보자

어려움에 직면하게 되면, 흔히 자기 자신을 등한시하거나 자신의 욕구를 맨 마지막으로 밀어 놓게 된다. 이제 생각을 바꾸자. 나를 위해 충분히 자고, 신선한 공기를 마시고, 맛있는 음식을 먹고, 자신만의 힐링 타임을 가져라. 그러면 기분도 한결 좋아지고, 맡은 바 일도 훨씬 잘 수행할 수 있게 될 것이다.

### 3. 스스로를 중심에 놓자

내면의 강인함은 이미 저마다 가지고 있지만 단지 스스로 인식하지 못할 뿐이며, 나의 시수와 가까워질 수 있는 가장 필수적인 요소이다. 자연 속에서 잠시 명상, 기도, 심호흡을 하며 마음을 단순하게 정리해 보자. (49페이지 참고) 명료하고 차분해진 자신의 생각에 놀라게 될 것이다.

# 핀란드의 기후와 시수
## – 우리의 패기를 시험하다

### 새로운 사실

핀란드는 이른바 "스노하우 snow-how", 즉 눈에 관한 아주 많은 요령과 극한의 겨울 날씨에 대처하는 여러 기술들을 가지고 있다. 어떤 날씨에도 도로와 학교, 비행장들은 계속 열려 있고, 핀란드 사회는 눈보라 또는 혹한의 추위 속에서도 끄떡없이 순조롭게 운영된다. 이처럼 시수로 단련된 전문 지식은 다른 나라들로도 수출된다.

시수에 관한 책들을 보면 대부분 날씨만큼 핀란드인들에게 영향을 주는 중요한 요인은 찾아볼 수 없을 것이라고 적혀 있다. 그런데 이는 결코 부정할 수 없는 사실이다.

핀란드에서는 여름날 해가 떠 있는 시간이 핀란드의 북부에서는 24시간, 남부에서는 19시간에 이르는 등 지역에 따라 다르다. 24시간 내내 주위가 환하다 보면, 아이들의 잠자는 시간만 방해받는 게 아니라 어른들 또한 휴식을 취하기가 쉽지 않다. 그래서 "이제 겨우 밤 12시밖에 안 됐는데, 골프 한 게임 치면 어떨까?"라는 제안을 하게 되고, 그로 인한 수면 부족으로 많이들 힘들어한다. 그와 달리 한겨울이 찾아오면 북부 지역에서는 한낮에도 거의 햇빛을 볼 수 없다. 이러한 현상을 카모스, 다시 말해 "극의 밤"이라고 한다. (31쪽 참고) 그와 달리 가장 남쪽에 위치한 지역에서는 낮에 최대 6시간 동안 햇빛을 볼 수 있다. 어둡고 긴긴 겨울이 끝없이 이어지다가 아주 조금의 햇빛이라도 본 날이면 사람들은 서로에게 "하늘이 기이하게 밝은 현상"을 봤냐고 농담하곤 한다.

### 계절에 따른 시수

핀란드에는 뚜렷한 사계절이 존재한다. 여름은 너무 많이 내리는 비만 아니라면 제법 따뜻하고 안정적인 날씨가 될 수도 있을 것이다. (내가 "될 수도 있을 것이다."라고 말한 점에 주목하라.) 핀란드에서는 섭씨 25도가 "무더운" 날에 속한다. 이는 한여름이라 해도 기온이 많이 오르지 않는다는 것을 의미하고 실외에서 활동하지 못할 만큼 더운 경우가 없다는 긍정적인 의미로 받아들일 수 있다.

핀란드의 겨울은 기온이 영상 몇 도부터 영하 30도 이하까지 아주 변화무쌍하다.

우리가 꿈꾸는 겨울 풍경은 하얀 눈이 뒤덮인 깨끗한 세상이다. 그러나 현실은 눈이 녹아서 지저분한 갈색 진창이 되고, 살얼음이 깔려 미끄러운 세상이다. 출근길에서 만나는 눈보라와 몇 개월 동안 잿빛의 축축한 눈이 얇게 쌓여 있는 광경을 봐야 하는 것 중에서 과연 무엇이 더 많은 시수를 요구할지는 판단하기 쉽지 않을 것이다.

## 극단적인 것들을 껴안기

핀란드의 가을은 일찍 찾아오고 봄은 늦게 시작되는데, 그 두 계절 모두 저마다의 매력과 어려움들을 지니고 있다. 그뿐 아니라 다가오는 겨울에 맞서 이를 악물고 우리의 시수를 불러내야 하는 것이나 간절히 기다리던 여름을 축하하는 것이나, 핀란드인의 삶을 지배하는 건 모두 극단적인 것들이다. 처음으로 따뜻한 햇볕이 내리쬐일 때에도 핀란드의 대지는 여전히 눈으로 덮여 있다. 하지만 사람들은 차갑고 세찬 바람을 피할 수 있는 장소를 찾아 옷을 따뜻하게 챙겨 입고 집을 나선다. 그리고 그 장소에서 커피가 담긴 보온병을 손에 든 채 눈을 감고 앉아서 따뜻한 햇볕을 쬔다.

핀란드 사람들은 일반적으로 분별 있고 신중한 편이지만, 봄과 여름을 즐기는 방식에 있어서만큼은 전혀 조심스럽지 않다. 소중한 봄과 여름이 찾아오면, 그처럼 아름다운 날들을 실내에서 보내는 것을 일종의 죄악이라고 여긴다. 핀란드인들은 순식간에 지나가는 여름을 최대한 즐기며 놀지 않고는 마음이 편하지 않은 것이다.

## 새로운 사실

카모스, 즉 "극의 밤"은 태양이 지평선 위로 떠오르지 않는 시기를 말한다. 이 같은 카모스 현상은 오직 극 지역, 다시 말해 핀란드의 가장 북쪽 지역에서만 발생하며, 보통 12월 중순에 시작되어 대략 50일 정도 계속된다. 카모스를 경험할 수 없는 그 밖의 지역에서도 겨울철이 되면 낮이 아주 짧고 한낮에도 해가 아주 낮게 떠 있다.

# 북유럽의 암흑
– 온전한 정신으로 겨울에 살아남기

핀란드는 겨울이 깊어질수록 점점 더 어두워지다가 가히 암흑이라 부를 만큼 깜깜해진다. 그러다 보니 12월 중순과 2월 중순 사이에는 하루 중 겨우 몇 시간 동안만 햇빛을 볼 수 있다. 그런 까닭에 기후로 인한 계절성 정서장애(SAD)는 핀란드인들의 어쩔 수 없는 현실이다. 그러나 그들은 시수에 의지해 겨울을 이기고 기꺼이 즐기는 방법을 알고 있다.

## 겨울을 이겨 내는 최고의 조언들

### 1. 동면하자

물론 말 그대로의 동면을 말하는 것은 결코 아니다. 그러나 겨울은 집과 친하게 지내기에 더없이 완벽한 계절이다. 촛불을 밝히고 불가에 둘러앉아 따뜻한 무릎 담요를 덮은 채 몸을 덥혀 주는 음료를 마시며 나름 행복한 시간을 즐기는 것이야말로 겨울에 느낄 수 있는 즐거움 가운데 하나이다. 친구들과 함께 게임을 하거나 영화를 보면서 밤을 새워 보는 것도 좋다.

### 2. 푸짐하게 먹자

겨울엔 스튜나 감칠맛 나는 몇 가지 푸짐한 음식과 붉은 와인을 준비해 아늑함을 최대한 살려 보자. 그리고 양초를 몇 개 더 밝혀 놓는 것도 잊지 말자.

### 3. 사우나에 가자

사우나! 사우나야말로 핀란드인들의 삶의 중심이자 겨울 생활의 절대적인 구세주이다. 핀란드 사람들은 혼자, 혹은 친구들이나 가족들과 함께 정기적으로 사우나를 찾는다. 겨울날, 사우나의 따뜻한 온기만큼 얼어붙은 몸을 녹여 줄 만한 것이 있을까. 사우나를 최대한 활용하면 혹한의 날씨에도 놀랍도록 따뜻해질 뿐 아니라 기분 좋게 잠이 들 수 있을 것이다.

### 4. 소파에서 벗어나자

때로는 소파에서 벌떡 일어나 따뜻한 옷을 챙겨 입은 뒤, 황혼 속으로 나가 보자. 신선한 공기를 마시며 조금이나마 햇볕을 쬐는 것은 정신적, 육체적으로 우리 건강에 아주 중요하다. 그리고 나면 시수를 한 스스로에게 고마워하게 될 것이다.

## 우울해하지 말자
• • • • • • • • • • • • • •
핀란드에서는 자외선을
인공적으로 만들어 쬐는
광선요법 램프가 책상 어디에나
있다. 램프 앞에 앉아 단지
30분만 빛을 쬐어도 우리 몸에
꼭 필요한 에너지를 활성화시킬
수 있다. 그러니 우울해하지 말고
빛을 쬐자.

# 다른 시각을 통하여

## – 외국인이 받아들인 시수

<101개의 아주 핀란드스러운 문제들>의 저자 영국인 조엘 윌런스(Joel Willans)는 부인 안나와 두 명의 아이들과 함께 헬싱키에 살고 있다.

"내게 시수는 끈질긴 인내이며, 이는 정말 매력적인 개념이다. 핀란드 사람들은 강인해질 필요가 있었다. 적대적인 기후와 그들을 식민지로 만들려는 이웃 나라들, 거기에다 흉년으로 인해 식량이 부족해서 6개월 동안 말린 생선만을 먹어 가며 목숨을 부지해야 했다. 나는 바로 그런 상황들이 핀란드인들의 세계관을 형성했다는 것을 조금도 의심하지 않는다."

"내게도 시수가 있는지는 잘 모르겠다. 왜냐하면 나는 안락한 것을 너무나 좋아하기 때문이! 여러분 역시 나와 크게 다르지 않을 것이다. 내가 보기에 오늘날의 핀란드 사람들은 시수를 바뿌와 유하누스를 (오른쪽 참고) 기념하는 데 사용하는 듯하다. 내겐 너무나도 춥고 습한 날씨에도 그들은 모두 바비큐 파티나 피크닉을 계획한다. 그것이 그들의 전통이기 때문이다."

"핀란드 사람들의 근면성과 소매를 걷어붙이고 달려드는 행동력은 시수의 일부분이라 할 수 있다. 그들은 여름용 오두막에서 느긋이 쉬기 전에 먼저 나무를 베는 일부터 한다."

"적어도 내게는 시수가 힘겨운 투쟁과 밀접한 관련이 있는 존경스럽고 긍정적인 자질로 여겨진다. 우리의 삶이 너무 편안해지더라도 핀란드인이라면 기후 덕분에 언제나 고유의 시수를 잊지 않고 끌어낼 수 있을 것이다."

## 바뿌와 유하누스

바뿌는 스웨덴의 발보리 밤 축제에서 유래한 것으로, 4월 30일부터 5월 1일까지 봄의 도착을 축하하면서 거행되는 봄맞이 축제이자 노동절 행사이다. 바뿌와 관련된 축하 행사들은 날씨와 관계없이 항상 실외에서 진행된다. 4월의 마지막 날에는 엄청난 양의 풍선과 핫도그, 솜사탕이 차려지고, 5월의 첫날에는 전통적인 샴페인 피크닉이 펼쳐진다.

유하누스는 6월에 개최되는 한여름 축제이다. 고대로부터 전해져 온 세례 요한 축일 전날에 "코코"라고 불리는 커다란 모닥불을 피우는 전통 행사이다. 코코는 보통 바닷가에 피우며, 한여름 축제의 중심을 이룬다. 그 밖의 한여름 전통 축제들도 날씨와 상관없이 한밤중의 태양 아래에서 빠짐 없이 진행된다.

# 집단적인 시수

## – 시수는 외로운 늑대들만을 위한 것이 아니다

### 문제의 공유

누군가에게 비밀을 털어놓는 것은 기분을 더 좋게 만들어 줄 뿐만 아니라, 그 사람과 나의 유대감을 강하게 만들어 주기도 한다. 문제에 대한 공유는 결과적으로 상호 간에 협력할 가능성을 열어 주고, 나아가 서로를 지지하는 등 선순환으로 이어지게 된다.

시수라고 하면 흔히들 외로운 투쟁을 떠올리곤 한다. 하지만 그런 이미지는 시수에 대한 단편적인 생각일 뿐이다. 시수는 개인적인 자질이나 능력일 수 있지만, 서로를 고무시키는 것이기도 하기 때문이다. 혼자일 때보다 함께일 때 더욱 강해진다는 일반적인 진리가 시수에서도 그대로 적용될 수 있다.

물론, 핀란드에서도 시수는 일반적으로 자신의 일을 스스로 해내야 할 때 필요한 것이라고 받아들이며, 특히 남자들에게 그러하다. 그러나 오직 침묵과 푸꼬 칼(허리띠에 차는 핀란드의 작고 전통적인 칼)로만 무장한 채 남성성을 과시하는 핀란드 남성에 관한 해묵은 이미지는 사라진 지 이미 오래다. 제2차 세계대전 때까지만 해도 핀란드는 여전히 농촌 경제에 주로 의존하고 있었다. 산업화된 복지국가로서의 핀란드는 전쟁이 끝난 뒤, 초인적인 집단적 노력에 의해서 건설되었다. 핀란드인들은 함께 일함으로써 성공을 거두고, 공공의 이익을 나눌 수 있게 되었다.

### 모두가 하나 되어

시수는 우리가 압박을 받고 있을 때 심리적으로 그 진가를 발휘한다. 가정에 위기가 닥치면 좋든 나쁘든 시수라는 정신적 에너지에 초점을 맞추는 경향이 있다. 마주한 역경이 무엇이든 간에, 한 팀이라 생각하면 다른 세상을 만들 수 있다. 우리는 어려운 시기가 닥치면 서로에게 기댈 수 있어야 하고, 언제든 서로에게 똑같은 도움을 줄 수 있어야 한다. 당신에게 시수가 부족할 때에는, 당신 가까이에 있는 누군가가 그 부족함을 다시 가득 채워 줄 수도 있다.

"시수는 무엇보다도 집단적인 선택이다.
우리는 함께여서 강하다."

시수 전문가, 에밀리아 라티

# 영웅 신화 깨기
## – 강점과 약점이 반대 개념이 아닌 이유

핀란드에서 시수에 대해 가장 널리 퍼져 있는 오해는 시수에 감정이 결핍되어 있다는 생각이다. 기후와 고난, 전쟁 등 핀란드 사람들로부터 시수를 이끌어 낸 요인이 무엇이었든, 그 안에는 위기의 요소가 내재한다. 위기가 오면 누구든 평상시와 다른 규칙들을 적용하고, 가장 중요한 욕구들만 신경 쓰게 된다. 따라서 개인적인 감정이나 슬픔은 당연스레 뒷전으로 밀려나곤 한다.

그러나 만약 우리에게 나중이 없다면? 평상시에도 늘 시수를 유지하며 살아가는 것은 건강에 좋지 않다. 시수 전문가인 에밀리아 라티(147-48쪽 참고)의 말처럼, 시수는 우리가 살고 있는 곳이 아니라, 우리가 방문하는 장소이어야 한다. 정신적 외상을 초래할 정도로 대단히 충격적인 경험을 했거나 커다란 슬픔을 겪었을 때는 그에 관해 누군가와 이야기하고 도움을 받는 게 좋다. 그러나 얼마 전까지만 해도 대부분의 사람들은 그렇게 하지 않았다.

## 시수의 대가
핀란드에서는 나라를 지킨 전쟁 영웅들을 아주 특별한 인물들로 묘사했고, 군인들이 저마다 맡아 수행했던 역할을 칭송했다. 그러나 전쟁이 끝나자, 모든 관심은 나라를 다시 일으켜 세우고 앞으로 나아가는 데에만 맞춰졌다. 그러다 보니 전쟁을 가까이에서 지켜보아야만 했던 사람들의 트라우마에는 전혀 신경을 쓰지 않았다. 결국 전쟁 영웅들은 과거를 뒤로 하고 더 나은 미래로 향하는 과정에서 그들의 외상 후 스트레스 장애를 모두 자신의 문제로 받아들일 수밖에 없었다.

물론 당시만 해도 한 사람의 삶을 송두리째 바꿔 버릴 수도 있는 외상 후 스트레스 장애에 대해 제대로 이해하고 있는 사람들은 거의 없었다. 그러나 오늘날 우리들은 그 중요성을 너무나 잘 알고 있다.

## 연약함 속에 있는 힘
영웅이란 무엇일까? 겉으로 보기에는 강하지만, 속으로는 문제가 있는 사람일까? 자신이 가진 힘만 믿을 뿐, 다른 누구도 신뢰하지 않는 사람일까? 영웅은 고독하다는 편견은 서서히 설 자리를 잃어 가고 있다. 가족의 삶과 개인적인 안녕이 그 어떤 사회적인 성취만큼이나 중요하다는 것을 깨닫고, 삶에서의 성공을 복합적으로 바라볼 수 있어야 한다. 그것이 바로 오늘날 우리들이 보여 주어야 할 건강한 발전이기 때문이다.

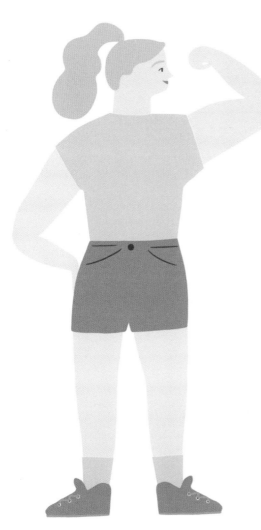

### 전문가의 도움받기

우리에게 어려움이 닥쳤을 때 객관적
이고 공정한 관점을 제공하는 전문가를
만나는 것은 유용한 경험이 될 수
있다. 상담 전문가 또는 심리치료사를
정기적으로 만나거나 한두 차례라도
만나 보라. 전문가와 이야기를 나누다
보면 전혀 생각지 못했던 새로운 방향을
찾게 될 수도 있다.

# 자연 속에서
## 마음 다스리기

불편함을 거부하기보다는 기꺼이 즐기면서,
침묵이 더해 주는 행복을 발견해 보자.
그리고 시수를 통해 스트레스에서 벗어나
자연스러운 마음 다스리기를 시도해 보자.

# 침묵
## – 핀란드 사람들은 침묵으로 많은 것을 말한다

사람들이 종종 "핀란드인들은 여러 나라의 언어로 침묵하는 법을 알고 있다."는 농담을 하곤 하는데, 이 말은 어느 정도 사실이다.

핀란드 사람들이 과묵해 보인다면, 그건 일반적으로 그들이 수다 떠는 것을 좋아하지 않아서 그렇게 보이는 것뿐이다. 이를 두고 어떤 사람들은 실리적이라거나 퉁명스러워 보인다고 하고, 어떤 사람들은 예의 없는 행동이라고도 한다. 하지만 핀란드인들은 단지 말하고 싶은 것이 무엇인지 먼저 신중히 생각하고, 아무런 꾸밈없이 말할 뿐이다. 그러나 핀란드도 1990년대에 들어 휴대전화 대기업 노키아와 함께 모바일 혁명을 진두지휘한 이후로 점차 수다스러워지고 있다. 그럼에도 불구하고 외국인들은 물론, 친구와 동료들조차 "다정한" 침묵이 몇 분 동안이나 이어질 때면 불안해한다. 한번은 영국인 동료가 금요일 오후의 커피타임에 대해 내게 고민을 털어놓은 적이 있다. "모든 사람들이 아무 말 없이 케이크를 먹을 때마다 난 그 시간을 정말 견디기가 힘들어. 그럴 때면 스트레스를 받아서 나도 모르게 혼자 주절댄다고!"

## "다정한"이라는 단어 속에 있는 비결

핀란드 사람들은 비록 이야기는 하지 않더라도, 그 순간을 함께 공유하고 있다고 생각한다. 이러한 생각은 결코 사회적인 압력에 의해 만들어진 것이 아니며 일단 누구라도 이 같은 상황에 익숙해진다면, 그러한 태도의 순기능에 감사하게 될 것이다. 내가 원하는 만큼 마음 편히 휴식을 취할 수 있도록 허락받은 것이나 마찬가지기 때문이다. 나는 언제든 사람들에게 말을 해도 괜찮다. 또한, 말을 하지 않는다 해도 괜찮다. 핀란드 사람들은 말하고 있다는 것으로 나를 판단하지는 않는다. 물론 말하지 않는 상황도 마찬가지다. 말하지 않아도 되는 것에 대해 입을 다물 줄 아는 것이 현명한 사람이라는 것을 알고 있기 때문이다. 하지만 때로는 그들도 누군가에게 하지 말았어야 할 말을 한 뒤에 어색한 침묵을 경험하기도 한다. 그러나 상호간에 동의한 긴 침묵은 결코 어색하거나 불편한 것이 아니다.

> "핀란드 사람들은 침묵을 어색함이 아닌,
> 하나의 자원으로 받아들인다."

## 달콤한 침묵
• • • • • • • • •

주의 산만한 행동으로 인해 나의
소중한 순간을 방해하지 않도록
하자. 오롯이 현재에 집중하며
전화기에도 신경 쓰지 않은 채,
작은 몸짓과 표정들에 주목하면서
다른 사람들을 관찰해 보자. 침묵을
채우려고 서두르지 말고, 불편한
것들에 주의를 기울여 보자. 과연
어떠한 변화가 생길까?

# 야생으로
## – 자연이 그처럼 중요한 이유

지리적으로 말하자면 핀란드는 유럽에서 여덟 번째로
큰 나라지만, 인구는 단지 550만 명에 불과하다.
그만큼 사람이 살지 않는 황무지가 엄청나게 많다.

핀란드는 총면적 가운데 200만 헥타르가 자연보호
구역이고, "천 개의 호수가 있는 나라"라 불리는 만큼
18만 7천 개가 넘는 호수와 17만 9천 개 이상의 섬들을
품고 있다. 국토가 넓은 데 비해 사람들이 살고 있지 않은
곳이 많아서 침묵의 역사를 갖고 있다. 그리고 바로 그
침묵은 핀란드인의 정신 속으로도 깊이 스며든 것으로
보인다.

## 자연으로 돌아가서

핀란드는 훼손되지 않은 원래 그대로의 아름다움을 간직한
드넓은 자연을 갖고 있다. 그런 자연은 사람들로 하여금
숲을 산책하게 하고, 오두막이나 섬에 살도록 이끈다.
생각할수록 핀란드인들은 현대사회에서 살아가고 있지만,
마음은 여전히 자연에 머물러 있다는 사실이 점점 더
명확하게 느껴진다. 비록 척박한 날씨와 야생의 자연이
그들에게 고난을 안겨 주었지만, 어쩌면 바로 그 때문에
핀란드인들은 가혹하기만 한 그들의 환경을 사랑한다.
그리고 이러한 자연은 시수를 선사했다.

## 새로운 사실

핀란드에는 늑대, 스라소니, 울버린
(118쪽 참고) 그리고 곰 같은 수많은
위험한 야생동물들이 서식하고
있다. 이 때문에 몇몇 숲에서 오두막
밖으로 나가려면 위험을 무릅써야 할
만큼 적지 않은 시수를 필요로 한다.
갈색 곰은 유럽의 가장 큰 포식자들
가운데 하나이자, 핀란드를 상징하는
동물이다. 핀란드 숲에는 강하지만
수줍음 많은 갈색 곰들이 겨울 동안
잠자기에 적당한 장소가 많이 있다.
봄이 오면, 겨울 동안 태어난 새로운
새끼들과 함께 다시 나타난 갈색
곰들을 볼 수 있다.

# 불편함을 찬양하기
– 시수를 실천하는 데 꼭 필요한 것들

한여름(35쪽 참고)이 시작되는 6월 말부터, 핀란드 사람들은 너도나도 일상에서 벗어나 자연으로 향한다. 그들이 생각하는 이 세상의 천국은 여름용 오두막인 뫼끼(mökki)에서 3주 내지 4주 동안 지내는 시간들이다. 오두막은 빌리거나 대여할 수 있고, 여유 있는 사람들은 오두막을 개인적으로 소유하거나 대가족과 공유하기도 한다.

핀란드인들은 기나긴 겨울을 보낸 뒤에 이곳 뫼끼에서 밝은 햇빛의 시간들을 즐기면서 수영과 낚시를 하거나 보트도 타러 간다. 그리고 보통 그곳에선 면도도 하지 않은 부스스한 모습으로 한껏 게으름을 피운다. 핀란드 남자들에게 "주말 수염"은 아주 중요한 의미가 있다.

오직 보트로만 갈 수 있는 뫼끼는 차를 타고 접근할 수 있는 곳에 위치한 곳보다 높은 가치를 인정받는다. 도로가 연결되어 있지 않다는 건 뫼끼가 외딴섬에 있음을 의미하고, 이런 뫼끼에서 여름을 보내는 건 핀란드인에겐 복권에 당첨된 것만큼 횡재한 셈이기 때문이다. 그러나 핀란드 남서부 해안의 섬을 갖는 건 그다지 놀랄 만한 일은 아니다. 그곳 사람들은 뭍에서 훨씬 멀리 떨어진 바다 한가운데 수평선 쪽을 아쉬운 듯 바라보며 그곳에 있는 섬의 여름용 오두막에서 휴가를 보내는 "일상의 번거로움으로부터 벗어나는 꿈"에 관해 이야기하곤 한다.

한 해의 대부분을 이중 유리창 덕분에 방음과 단열 처리된 아늑한 집 안에서 보내는 핀란드인들에게 뫼끼는 안락함에서 벗어난 진정한 휴식을 상징한다. 뫼끼에는 보통 벽난로와 조리 시설들이 갖춰져 있다. 하지만 드물게는 보일러 등 난방장치가 없는 경우도 있으며, 심지어 전기가 들어오지 않는 곳도 있다.

수돗물은 여름용 오두막을 즐기는 사람들의 얼굴을 찌푸리게 만드는 현대의 편리함 가운데 하나다. 나와 내 가족이 먹은 그릇을 호수 옆에 쪼그리고 앉아 차가운 물로 설거지하는 것은 오랜 전통으로 이어져 온 낭만이기 때문이다.

현대의 안락함은 핀란드의 이상인 자급자족하는 시수와 부딪치는 점이 있다. 핀란드인의 조상들은 거친 땅을 일구는 과정에서 역경을 극복하며 회복력 있는 사람들로 성장했다. 그리고 오늘날의 핀란드인들은 적어도 몇 주 동안만큼은 여름용 오두막으로 가서 자급자족하는 시수의 이상을 유지하고 있다. 몸소 장작을 패고, 먹을 물을 직접 나르는 등 편한 것을 거친 것으로 바꾸면서 핀란드의 여름을 즐기는 것이다.

# 어서 와, 처음 온 낯선 이들

## – 자연과 다시 친근해지기

자연이 낯설다고 해도 걱정할 필요는 없다. 그건 아마도 주변에 자연이 별로 없거나, 접근하기 어려워서 그럴 것이다. 혹은 틀에 박힌 도시에서 살다보니, 멋진 야외에서 무엇을 해야 할지 몰라 그럴 수도 있다.

자연과 시수가 깊은 연관이 있는 이유 가운데 하나는 무엇보다도 자연이 자급자족을 가르쳐 주기 때문이다. 자연 속에서 내가 할 일을 아는 것은 건강한 자존감을 북돋워 준다. 자연이 낯설다면 작은 것에서부터 시작해 보자. 그렇게 하는 것이 바람직하다.

## 자연으로 돌아가기 위한 조언들

### 1. 소박하게 생각하자

산책하러 나가기, 산열매 따기, 스키 타기, 자전거 타기, 하이킹하기 등등 핀란드 사람들은 자연에 대해 거실을 확장한 것이라고 생각하는 경향이 있다. 날마다 약간의 시간이라도 야외에서 보내기 위해 노력해 보자. 그리고 거기에서부터 조금씩 더 나아가자.

### 2. 호기심을 가지자

내가 잘 알지 못하는 것을 좋아하기는 어렵다. 그러니 자연에 대해 조금 더 많은 정보들을 확보하자. 나는 어떤 식물과 동물에 대해 알고 있고, 찾을 수 있는가? 어떤 것들이 희귀하고, 흔한 것인지 알고 있는가? 만약 가까이에 공원이 있다면, 그 공원을 누가 만들었는지 알아보자. 그럼 산책길이 더욱 흥미로워질 것이다.

### 3. 궁리하자

만약 도시에서 살고 있다면, 아마도 소나무 숲보다는 포장도로에 더 어울리는 옷들이 대부분일 것이다. 그렇다고 자연에서 더 멋진 모습으로 산책하기 위해 굳이 지갑까지 열 필요는 없다. 53쪽의 "하이킹하기" 내용을 참고하자.

# 핀란드 방식의 마음 다스리기
## – 마음의 평화를 위해 자연에 의지하기

연구 결과에 따르면 자연에서 시간을 보내는 것은 자연산 항우울제를 복용하는 것과 같은 효과가 있는 것으로 나타났다. 자연은 체계적인 명상법이 개발되기 훨씬 이전부터 우리에게 마음을 가다듬도록 도와주었다. 자연이 우리에게 미치는 영향과 효과를 명확히 설명하기는 쉽지 않지만, 긍정적인 효과를 결코 부인할 수는 없다. 자연은 우리가 자신을 중심에 두고, 더 깊은 힘의 원천과 다시 연결되기 위해 찾아가는 곳이다.

자연은 휴식의 공간이다. 자연은 침묵이라는 소중한 자원을 나에게 선사하고, 내 머리를 가득 채운 생각과 이미지들로 인해 끊임없이 생성되는 소음을 잠시 멈추게 해 준다. 또한 다른 어떤 것과도 비교할 수 없을 만큼 나를 지금 이 순간에 집중할 수 있도록 도와준다. 물론 내가 그렇게 되기를 원한다면 말이다. 여기에서 소개하는 마음 다스리기 운동들은 핀란드의 자연보호협회가 개발한 것들이다. 숲 또는 산비탈 같은 평화로운 장소에 가서 한번 시도해 보자.

### 긴장을 풀고 관찰하자

먼저 서 있기 좋은 장소를 찾자. 그리고 잠깐 시간을 내어 침묵 속에서 주변 환경을 진지하게 관찰해 보라. 머리 위나 주변을 날아다니는 무언가가 보이는가? 공중에서 떠다니거나 덤불 안에서 움직이는 무언가를 느끼는가?
자연 속에서 나뭇잎, 버섯, 새, 구름, 나비, 파리 등 무엇을 보았는가? 불어오는 바람이 얼굴에 부딪는 것을 느꼈는가? 그 밖에 또 무엇을 느꼈는가?

### 주변의 냄새를 맡아 보자

우리가 가장 잘 기억할 수 있는 것들은 대개 냄새와 관련이 있다. 두 눈을 감고 숨을 깊이 들이마셔 보자. 어떠한 것이 연상되든 마음이 그것을 충분히 곱씹도록 내버려 두자. 어떤 냄새를 맡았을 때 어떤 기분이 드는가? 그 냄새는 무엇을 상기시키는가? 그 기억의 뿌리까지 거슬러 올라가는 나만의 시간을 가져 보자.

### 내가 가장 좋아하는 나무를 찾아보자

휴식과 원기 회복이 필요할 때 어떤 종류의 나무에 기대고 싶어질지 생각해 보자. 가장 가까이에 있는 나무를 만져 보라. 어떤 느낌이 나는가? 이번에는 눈을 감고 똑같이 해 보자. 무엇이 느껴지는가?

# 하이킹하기
## – 시작을 위한 몇 가지 조언들

하이킹은 나만의 속도와 건강 상태에 맞춰 자연을 즐기기에 가장 완벽한 방법이다. 일정한 리듬은 뇌를 진정시켜 주고, 긴 거리를 걷는 것은 짧은 거리를 빠르게 달리는 것보다 내 마음이 내 몸의 속도에 적응하는 데 도움이 된다.

### 1. 올바른 장비를 고르자

산을 오르려는 것이 아니라면 별도의 전문 장비는 필요하지 않다. 걷기에 편하고 튼튼하며 방수가 잘 되는 신발 그리고 바람과 비를 막아 주는 모자, 가벼운 재킷, 바지만 있다면 멀리까지 갈 수 있다. 초보자들의 경우 너무 많이 껴입곤 하는데 일단 걷기 시작하면 몸에서 열이 나 체온이 유지된다는 점을 기억하라! 무엇보다 내가 가려는 곳의 일기예보에 맞춰 옷을 입어야 한다.

### 2. 작은 것부터 시작하자

만약 하이킹에 익숙하지 않다면, 먼저 짧은 길부터 걸어 보자. 그러나 걱정할 필요는 없다. 연습하면 누구나 저마다의 체력에 맞게 즐거움을 느끼며 하이킹할 수 있기 때문이다.

### 3. 가볍게 여행하자

종종 지나치게 많은 것을 준비해 가려다가 오히려 하이킹을 망치곤 한다. 배낭에 물과 가벼운 간식거리 등 몇 가지 기본적인 비상식량만 준비하자. 그리고 필요한 경우 보온을 위한 비상용 점퍼와 장갑 정도만 더 챙기면 충분하다. 만약 배낭을 처음 메었을 때 왠지 무겁게 느껴진다면 반드시 짐을 다시 정리하자!

## 하이킹을 위한
## 에너지 간식

"트레일 믹스 (Trail mix)"는 먼 거리 하이킹을 나서는 이들을 위한 에너지 간식 가운데 하나다. 초콜릿 바 대신, 이 맛있는 콤보를 시험해 보자.

**기본 간식:** 아몬드, 호두, 땅콩, 캐슈, 피칸 그리고 건포도.

**맛있는 간식:** 아몬드, 양파 가루와 마늘 가루 그리고 고춧가루에 버무린 호박씨와 해바라기씨.

**든든한 간식:** 구기자 열매, 피스타치오, 말린 블루베리, 아마씨 그리고 다크 초콜릿.

**조금은 사치스러운 간식:** 아몬드, 말린 체리 그리고 바다 소금과 빻은 계피에 버무린 다크 초콜릿.

# 자연의 식품 저장실

## – 직접 먹을 것을 찾아 나서는 채집이 미래인 이유

핀란드는 어디에나 숲이 있고, 그곳에서 언제나 풍부한 자연의 선물을 무료로 제공받을 수 있다. 블루베리, 월귤, 호로딸기 같은 북유럽의 슈퍼 푸드 외에도 아주 많은 선택이 가능하다.

요즘에는 각종 베리를 어디서든 살 수 있지만, 많은 핀란드 사람들은 여전히 양동이를 들고 숲으로 향한다. 그들은 신선한 공기를 마시며 베리를 찾는 노력을 상당히 감성적이고도 매력적으로 여긴다. 오늘날에는 이처럼 직접 먹을 것을 찾아 나서는 채집과 지역에서 나는 자연식품의 소중함이 다시 대두되고 있다. 채집은 "낭비하지 않으면 부족할 일도 없다."는 생태학적 윤리와도 맥을 같이한다.

채집은 시수가 중요하게 여기는 한 부분, 곧 자급자족의 의미를 상징한다. 자연과 함께하며 느끼는 편안함 그리고 무엇을 먹을 수 있고 먹어서는 안 되는지에 대한 지식은 한때 세대에서 세대로 전해지며 지도자로서의 권한을 부여했던 중요한 기술이다. 이제 이러한 기술들은 다시금 재조명받고 있다.

## 안전한 채집을 위한 최고의 조언들

### 1. 채집 전문가와 함께 걷자

채집 전문가는 각각의 계절에 어떤 것을 딸 수 있는지 알려 주고, 독성이 있는 식물과 채집하면 안 되는 보호 식물도 안내해 준다.

### 2. 자연을 존중하자

청정 지역에서 채집하는 것은 삼가자. 또한 자연환경을 훼손하거나 그 안에서 살고 있는 동물들을 방해하지 않도록 주의하자.

### 3. 적당한 그릇을 준비하자

베리를 따서 담기에는 뚜껑 달린 플라스틱 용기가 가장 적당하다.

### 4. 알맞게 입자

숲으로 나갈 때 무릎까지 올라오는 장화를 신는 것이 좋다. 그리고 지역에 따라 각종 곤충들로부터 보호받을 수 있는 적당한 옷차림을 하는 것이 좋다.

### 5. 채집 장소에 대해 알아보자

내가 살고 있거나 자주 가는 지역에서 가지 않아야 할 곳과 해서는 안 될 것 등에 대해 알아 두자. 공장이나 도로 가까이에 있는 오염된 지역에서는 채집하지 않는 것이 좋다.

# 쐐기풀 수프

봄부터 이른 여름까지 채집한 어린 쐐기풀이 요리하기에 가장 적합하다. 쐐기풀은 비가 오지 않는 맑은 날에 도로에서 최소한 50미터 이상 떨어진 곳에서 채집하고, 플라스틱 용기에 담으면 물기가 나와 애써 채집한 쐐기풀이 상할 수 있으니 바구니를 사용하는 것이 좋다. 맨살에 닿으면 따끔거리므로, 쐐기풀을 채집하고 다듬을 때는 장갑을 착용하자.

## 기본 재료: 4인분

갓 딴 신선한 어린 쐐기풀 2kg

물 1리터

버터 15g

밀가루 3 테이블스푼

치킨 또는 채소 고형 육수 2개

휘핑크림 100ml

달지 않은 셰리주 3 테이블스푼

소금

신선한 빵

## 고명 재료 (선택 사항)

완숙한 뒤 껍질을 벗기고 반으로 자른 달걀 2개

다진 쪽파 2 테이블스푼

조심스럽게 쐐기풀을 헹군 뒤, 뿌리와 억센 줄기는 모두 제거한다.

냄비 안에 물 500리터와 약간의 소금을 함께 넣고 끓인 다음, 쐐기풀을 넣고 5분 동안 더 끓인다. 쐐기풀의 물기를 빼고 곱게 다진다. 쐐기풀을 끓인 물은 남겨 둔다.

먼저 버터를 냄비에 녹여서 밀가루와 섞은 뒤, 중간 불에서 부드러운 반죽이 될 때까지 저으며 살짝 익힌다. 남겨 둔 쐐기풀 끓인 물을 천천히 부으면서 부드럽게 저어 준다.

채소 고형 육수를 작은 조각으로 부순 뒤, 남은 물 500 리터와 함께 냄비에 붓고 녹을 때까지 저어 준다. 물이 끓고 내용물이 걸쭉해질 때까지 몇 분간 계속 저으며 조리한다.

쐐기풀과 휘핑크림을 넣고 섞으면서 살짝 데운다. 맛을 봐서 필요한 경우 소금으로 간을 한 뒤, 셰리주를 넣는다.
뜨거운 수프를 국자로 퍼 그릇에 담는다. 취향에 따라, 그 위에 반으로 자른 완숙 달걀을 얹고 쪽파를 흩뿌린 뒤 빵과 함께 제공한다.

# 가문비나무 어린 가지 아이스크림

막 돋아난 가문비나무의 어린 가지들은(독일 가문비 또는 노르웨이 가문비) 비타민과 미네랄이
풍부하다. 다른 부위의 가지들에 비해 어린 가지는 거의 네온색이며, 반드시 봄 또는 초여름에
길이가 2.5 내지 5cm일 때 따야 한다. 가문비나무의 어린 가지들은 음료나 시럽, 잼 그리고
피클을 만드는 데에도 쓰이고, 그대로도 먹을 수 있다.

## 기본 재료: 4인분

휘핑크림 400ml

달걀노른자 4개

꿀 100ml

씻어서 살짝 두드려 말린
가문비나무 어린 가지 300g

## 가문비나무 고르기

가문비나무와 주목나무는
잎 모양이 비슷한데,
주목나무 잎은 독성이
있으므로 두 나무를
구별하는 것이 중요하다.
가문비나무는 솔방울이
있는 반면, 주목나무는
솔방울이 없이 빨간 열매만
있다. 가문비나무의 잎은
줄기에서부터 곧장 자라며
평평하지 않고 꺼끌꺼끌
하며 입체적이다.

휘핑크림을 냄비에 붓고 천천히 끓인다. 그 동안 그릇에
달걀노른자와 꿀을 함께 넣어서 색이 옅어지고 걸쭉해질 때까지
휘저어 거품을 낸다.

뜨거운 크림을 달걀 혼합물에 천천히 넣으며 완전히 섞일 때까지
거품기로 계속 휘저어 준다. 이 크림을 다시 냄비에 붓고 나무
숟가락으로 계속 저으면서 걸쭉해질 때까지 낮은 온도에서 충분히
데워 준다. 내용물이 숟가락 뒤쪽을 덮으면 불을 끈다.

거품기 장치가 부착되어 있는 스탠드믹서에 커스터드 크림과
가문비나무의 어린 가지를 넣고 부드러워질 때까지 휘젓는다.
완성된 커스터드 크림을 그릇에 옮기고 랩으로 덮은 뒤 몇 시간
또는 하룻밤 동안 냉장고에 넣어 둔다.

차가운 커스터드 혼합물을 용기 안에 부은 다음, 45분 정도나
가장자리가 얼기 시작할 때까지 얼린다. 혼합물을 냉동고에서
꺼내어 얼음 결정이 부서지도록 힘차게 휘저어 준다. 30분 동안
다시 냉동고에 넣어 놓은 뒤, 다시 꺼내 휘저어 준다. 아이스크림이
완전히 얼 때까지 약 2-3시간 동안 반복한다. 또 다른 방법으로는
아이스크림 기계 안에 넣고 사용 설명서의 안내에 따라 휘저어
주어도 된다.

# 블루베리 파이

## 만들기: 6-8 조각

부드럽게 만든 버터 150g

정제되지 않은 사탕수수 설탕 200g

달걀 1개

밀가루 250g

으깬 귀리 200g

바닐라 설탕 1 테이블스푼

신선한 혹은 해동시킨 야생 베리나 재배한 블루베리 700g (야생 베리를 월귤나무 열매라고도 한다.)

뿌리기용 감자 가루 (만약 베리가 얼어 있거나 아주 촉촉할 경우)

휘핑크림, 바닐라 소스 또는 바닐라 아이스크림

핀란드에는 야생 블루베리를 어디에서나 쉽게 구할 수 있을 만큼 풍부하다. 야생 블루베리는 건강에 좋은 다양한 효능으로 인해 최근 들어 점점 더 많은 사람들의 관심을 끌고 있다. 블루베리는 노화 방지와 염증을 없애는 효과 그리고 풍부한 플라보노이드와 비타민 A 함유 등 현존하는 베리들 가운데 가장 영양소가 풍부한 것으로 알려져 있다.

오븐의 불의 세기를 7에 맞추고 섭씨 220도까지 예열한다.

버터, 설탕, 달걀, 밀가루, 귀리 그리고 바닐라 설탕을 주걱이 부착되어 있는 스탠드믹서의 그릇에 넣고 반죽이 만들어지도록 섞어 준다. 또는 재료들을 그릇에 담아 전동 핸드믹서를 사용해 섞어도 된다.

지름 24cm의 둥근 파이 접시 또는 키시나 플랜을 굽는 그릇에, 필요한 경우 약간의 감자 가루를 흩뿌린 다음 블루베리를 담는다. 베리 위로 반죽을 넓게 펴 얹고 맨 윗부분이 황금빛 나는 갈색이 될 때까지 대략 25분 정도 구워 준다.

블루베리 파이를 휘핑크림이나 바닐라 소스, 또는 바닐라 아이스크림 한 숟갈과 함께 차려 낸다.

# 블랙베리, 바질
# 그리고 레몬 보드카 칵테일

일반적으로 핀란드 사람들은 독한 술과 친밀하다. 핀란드에서 가장 오래된 보드카 브랜드는 처음 만들기 시작한 1888년 부터 오늘날까지도 여전히 빙하수를 이용해 만들고 있다. 어떤 칵테일에도 세련된 분위기를 더하는 호로딸기와 희귀한 산자나무 같은 별미로 만든 베리 맛 증류주는 인기가 아주 높다.

꿀 시럽을 만들기 위해 준비한 꿀과 뜨거운 물을 녹을 때까지 섞어 준다.

절구와 절굿공이를 이용해 (또는 칵테일 셰이커 또는 믹싱 글라스 밑에 있는 휘젓는 막대를 이용해) 바질잎과 블랙베리를 부드럽게 으깬다.

으깬 바질잎과 블랙베리를 칵테일 셰이커에 옮겨 담고 보드카, 꿀 시럽, 레몬주스 그리고 탄산수를 넣은 다음 15초 동안 흔들어 준다.

얼음 또는 으깬 얼음으로 채운 큰 유리잔에 충분히 흔든 혼합물을 체로 걸러 따르고, 여분의 바질잎과 블랙베리 그리고 레몬 조각으로 장식한다.

## 기본 재료: 1인분

바질잎 5개, 장식을 위한 여분

블랙베리 10개, 장식을 위한 여분

보드카 1½ 테이블스푼

꿀 시럽 1 테이블스푼 (아래 참고)

막 즙을 짜 만든 레몬주스 1 테이블스푼

탄산수 100ml

## 꿀 시럽을 만들기 위한 준비물:

꿀 4 테이블스푼

막 끓인 물 2 테이블스푼

장식을 위한 레몬 조각

제공하기 위한 얼음, 또는 으깬 얼음

# 자연을 실내로 가져오기
## – 실내용 화초의 좋은 점

내가 자연으로 나갈 수 없는 상황이면, 자연이 내게로 오게 할 수도 있다. 실내용 화초는 집 안을 장식해 줄 뿐만 아니라, 공기를 맑게 하고 건조한 환경에 습기를 더해 주는 등 아주 다양하고 실제적인 건강상의 혜택을 준다.

### 식물은 우리가 숨 쉬도록 도와준다

우리는 산소를 들이마시고 이산화탄소를 내뱉는 반면, 식물은 광합성을 통해 이산화탄소를 흡수하고 산소를 내보낸다. 식물은 이렇듯 우리 환경에 산소량을 증가시켜서 우리가 좋은 공기를 마실 수 있도록 해 준다.

### 식물들은 우리가 일을 더 잘하도록 도와준다

식물들 옆에서 공부하거나 일을 하면 좀 더 효과적일 수 있다는 사실이 다양한 연구 결과를 통해 입증되었다. 그저 식물들 가까이에 있는 것만으로도 자연 속에 나가 있는 것처럼 집중력과 기억력 그리고 생산력이 증진된다.

### 식물들은 우리가 치유되도록 도와준다

텍사스 A&M 대학교의 연구진들은 환자들을 대상으로 식물을 제공해 치료를 돕는 원예요법을 실험했다. 그 결과, 식물과 신체적으로 상호작용한 환자들은 의학적인 치료 절차 뒤에 회복하는 시간이 현저히 줄어들었다.

# 나만의 테라리엄 만들기

테라리엄은 집의 창턱이나 커피 테이블을 위한 미니 정원이자, 작은 식물을 집 안에서 아름답게 두고 볼 수 있는 아주 간단한 방법이다. 집 주변에 있는 원예용품점에 가면 필요로 하는 물품들을 대부분 구할 수 있고, 좀 더 쉽고 빠르게 나만의 테라리엄을 만들 수 있도록 조언을 받을 수 있다.

테라리엄으로 사용할 용기 맨 아랫부분에 작은 조약돌을 약 4cm 정도 채운다.

작은 조약돌 위에 6cm가량 화분 배양토를 덮는다.

가장 큰 식물을 화분에서 조심스럽게 꺼낸 다음, 뿌리에 있는 과도한 흙을 털어 낸다. 선인장처럼 가시가 있는 식물을 다룰 때에는 반드시 장갑을 끼도록 한다. 숟가락 끝으로 용기 아래쪽에 있는 배양토에 구멍을 만든다. 뿌리를 구멍 안으로 넣어 자리를 잡은 뒤, 그 주변의 배양토를 꾹꾹 잘 다져 준다.

가장 큰 식물부터 가장 작은 식물 순으로, 용기의 뒤쪽에서 앞쪽으로 심는다. 남아 있는 식물들도 똑같이 작업해 심는다. 단, 이때 식물들을 서로 너무 가까이 심지 않도록 주의한다.

식물들 주변에 대략 5mm 정도 모래를 덮어 주고, 큰 조약돌이나 참소라 껍질 등을 장식으로 얹어 준다.

햇빛을 충분히 받을 수 있는 곳에 테라리엄을 놓는다. 2주마다 한 번씩, 또는 너무 마른 것 같다고 느껴질 때마다 과하지 않을 만큼만 물을 준다.

## 필요로 하는 것:

- 윗부분이 개방된 중간 크기의 투명한 유리 용기, 꽃병, 파스타 병 또는 어항
- 작은 조약돌들
- 다육식물과 선인장류를 위한 화분용 배양토
- 다양한 크기와 모양, 색깔의 다육식물과 선인장류 들
- 원예용 장갑 (손가락이 가시에 찔리지 않도록)
- 테이블스푼
- 모래
- 장식을 위한 큰 조약돌과 소라 껍데기

# 자연의 취미
## – 우리가 할 수 있는 더 많은 선택

만약 하이킹 또는 숲속에서의 채집이 마음에 들지 않는다 해도 걱정하지 말자. 산소를 들이마시며 마음의 평화를 가져올 수 있는 또 다른 자연의 취미들이 얼마든지 있다. 자연체험은 어느 것이 되었든 시수를 촉진시켜 주는 효과가 있다. 누구든 쉽게 해볼 만한 몇 가지 자연의 취미를 제안한다.

### 새 관찰하기

지저귀는 새를 지켜보는 것은 즐거울 뿐 아니라 비용이 들지 않는 실용적인 취미이다. 새를 지켜보기 위해 멀리 떠나야 할 필요도 없고, 다른 장비나 준비물도 필요 없기 때문이다. 그러나 아마도 이 취미는 알면 알수록 더 많은 보상으로 돌아올 것이다.

살고 있는 지역에 어떤 종류의 새들이 있는지 알아보자. 휴대용 도감이나 온라인 검색을 통해 새의 모양새와 어떤 소리를 내며 우는지 미리 확인하면 도움이 된다. 다양한 오디오북의 도움을 받는 것도 좋다. 그럼 새의 울음소리를 듣고도 어떤 새인지 알아채는 기쁨을 누릴 수도 있을 것이다. 비싸지 않은 휴대용 망원경이 있다면 새를 더 자세히 관찰할 수 있다.

### 식물 채집

식물을 채집해 보관하는 것도 저비용으로 큰 보람을 느낄 수 있는 취미다. 식물도감 등을 이용해 살고 있는 지역에서 자라는 식물들에 대해 미리 알아보고 수집하면 도움이 된다. 단, 보호 식물은 절대 캐지 않도록 주의하자. 수집한 꽃과 식물들은 두꺼운 책장 사이에 끼워 넣거나, 식물표본을 만드는 지침서에 적혀 있는 대로 정리하면 어렵지 않다. 수집한 꽃과 식물들을 일단 납작하게 누른 다음, 액자에 넣어 벽을 장식해도 아름답다.

### 나만의 식용식물들을 키워 보자

먹을 수 있는 식물을 키우는 것은 야외에서 시간을 보내는 취미와 식물 채집을 완벽하게 조화시킨 것과도 같다. 샐러드잎, 토마토, 호박 그리고 완두콩은 맛도 있고 키우기도 쉽다. 만약 정원이 없는 아파트에서 살고 있는 경우라면, 베란다나 창틀 등 햇빛이 잘 드는 곳에서 재배할 수 있는 허브나 채소를 선택할 수 있다. 우리 집 작은 정원에서 내가 직접 키운 재료로 만든 요리를 오늘 식탁에 올릴 수 있다면 더할 나위 없이 기분 좋지 않을까.

# 일상생활의 번잡함과 연결을 끊어 보자
## – 재충전으로 가는 단계들

**야외활동을 아주 좋아하는 핀란드인들도 지속적인 유대 관계에 있어서는 다른 나라 사람들과 마찬가지로 어려움을 겪고 있다.**

마음의 평화뿐만 아니라 나와 내 주변 환경과의 조화가 중요하다는 점을 고려할 때, 21세기의 삶은 특정한 도전 과제들을 제기한다. 어느새 신기술이 삶의 구석구석까지 스며들면서, 첨단 기술 국가인 핀란드는 온라인상에서의 삶이 가져올 장기적인 결과에 대해 서서히 관심을 갖기 시작했다. 참고로 핀란드 국민의 88%가 가정에서 인터넷 접속이 가능하며, 82%가 스마트폰을 사용한다. 이는 끊임없는 산만함과 집중력 방해, 점점 대화가 필요 없어지는 조용한 생활 방식 그리고 나쁜 자세나 시력 저하가 일찍 발생하는 등등의 부정적인 제반 문제들을 초래했다. 이 문제와 관련해 핀란드는 신기술을 선도하는 국가로서의 미래를 추구하면서도, 한편으로는 여전히 농촌에 깊이 뿌리박고 있는 국가라는 생각 또한 소중히 간직하고 있다.

## 재충전을 도와줄 최고의 조언들
### 1. 진정으로 연결을 끊어라
· · · · · · · · · · · · · ·
집을 떠나 자연으로 들어갈 때는 가능한 한 현대 과학기술은 집에 두고 가자. 만일의 사태에 대비해 휴대전화는 반드시 가지고 가되, 수시로 꺼내어 확인하지 않기로 다짐하라. 이런 방법은 내 생활 방식에 얼마나 큰 변화가 필요한지를 알 수 있게 해 주는 좋은 지표가 될 수 있다.

### 2. 침묵을 껴안아라
· · · · · · · · · · · · · ·
자연은 나 자신과 얼굴을 맞댈 수 있는 용기를 요구하기 때문에 시수를 키우기 위한 아주 좋은 수단이다. 우리는 너무 빈번한 산만함으로 인해 자신의 삶에 제대로 대처하지 못하곤 한다. 만약 내가 그 동안 외면하거나 피하려고 했던 어떤 것들이 존재한다는 사실을 진심으로 깨닫게 된다면, 이제 도망치는 일을 그만두고 어떤 일이 일어나는지 지켜보자.

### 3. 혼자만의 시간을 일정에 넣어라
· · · · · · · · · · · · · ·
하루에 적어도 얼마 동안은 아무것도 하지 않는 시간을 갖도록 노력해 보자. 가능하다면 20분 정도씩, 그게 어렵다면 5분이라도 괜찮다. 앉아서 눈을 감은 채 그저 숨만 쉬며 나 자신을 따라가 보자. 나 자신을 중심에 놓아두는 시간을 갖는 것은 내면의 힘, 다시 말해 자신의 시수에 좀 더 초점을 맞출 수 있도록 도와줄 것이다.

# 용기 있고 건강하게 소통하기

# 3

어떻게 하면 진실하고 공정하게 소통할
수 있을까? 나는 나의 협상 능력을 업무에
제대로 적용하고 있을까? 그리고 일상에서
용기 있는 대화를 나누고 있을까?
상대를 존중하는 건강한 시수식 소통법에
대해 알아보자.

# 시수로 말하기
## – 소개하기

익히 알려진 것처럼, 핀란드 사람들은 말보다는 오히려 침묵 속에서 힘을 찾는다.
그럼 시수는 일반적인 의사소통에 도움이 되는 태도일까?

할 말이 있을 때 말하라. 그렇지 않으면 말하지 마라. 그것이 아주 간결하게
의사소통하는 핀란드의 방식이다. 핀란드인은 불필요하다고 생각되는 모든 것을 잘라
낸, 직접적이고 겸손한 접근을 좋아한다. 이처럼 버려지는 말 속에는 자신의 성취에
대한 허풍이나 자랑, 업무상의 우월감 등에 대한 이야기가 포함되어 있다.

### 언어의 절약
물론 사적인 관계에서, 핀란드 사람들의 침묵은 때때로 약간의 문제를 드러내기도
한다. 미케코울루(Mykkäkoulu)는 다툼이 일어난 뒤 오랜 시간 동안 서로에게 말하는
것을 피하는 부루퉁한 배우자들을 가리키는 말이다. 물론 이 같은 현상이 핀란드
사람들에게만 국한된 건 아니지만, 사람들은 핀란드에서는 이러한 상황이 조금 더
잦은 건 아닌지 궁금해한다.
그러나 대체적으로 핀란드 사람들은 타당하고 직접적이며 정직한 의사소통이
가져다주는 가치를 알고 있다. 단지, 불필요한 많은 말로 대화를 채우는 걸 좋아하지
않을 뿐이다.

> "핀란드의 직업의식은 아주 간단히 요약할 수 있다.
> 열심히 일하면 보상받는다. 충실함은 보상되어야
> 마땅하다. 보는 그대로이다."

# 업무에서의 시수
## – 핀란드 사람들은 어떻게 협상하는가

**핀란드는 무뚝뚝하고 잡담이 부족한 문화로 알려져 있다. 그럼에도 불구하고 업무를 처리하는 방식에서 배울 점이 있을까?**

2000년대 초반, 노키아의 최고 경영자인 요르마 올릴라(Jorma Ollila)는 "페르켈레에 의한 경영 방식"으로 널리 알려지게 되었다. (페르켈레는 말 그대로 "악마"를 뜻한다.) 이 개념은 아주 친절한 것으로 인식되는 북유럽 이웃 국가들의 리더십과는 대조적인, 핀란드의 권위주의적인 리더십과 관련이 있다.

그러나 대부분의 핀란드 지도자와 사업가 들은 "페르켈레에 의한 경영 방식"과 거리를 두고 있다. 핀란드의 리더십은 무뚝뚝함 외에도 시수, 정직함, 겸손함 그리고 솔선수범으로 특징지을 수 있다. 인내와 진실성 그리고 끈기는 핀란드인들의 업무 환경에 깊이 뿌리 내린 시수의 요소들이다.

핀란드 사람들과 업무나 사업상으로 관계를 맺고 있다면 그리고 그들 안에 시수 야심가가 많다면, 아주 긍정적인 면을 찾을 수 있을 것이다. 전 세계 사람들과 함께 일한 경험이 있는 스웨덴의 사업가와 이야기를 나눈 적이 있는데 그는 자신의 경험에 대해서 이렇게 말했다. "사업을 할 때 모든 문화는 그들 자신의 강점에 의존합니다. 하지만 사업을 하다가 곤경에 빠졌을 때에는 핀란드 사람들에게 연락해야 한다는 것을 나는 오래전에 깨달았습니다. 나는 그들처럼 기꺼이 위기에 맞서 묵묵히 대처하는 사람들은 일찍이 만나 본 적이 없습니다."

## 보시는 그대로입니다

핀란드 사람들은 토론을 소중하게 생각하지만, 토론이 가능한 한 효율적으로 진행되기를 원한다. 민주주의의 원칙을 지키되, 의견 일치라는 원칙을 고수하지는 않는다. 어떤 일들을 성공적으로 마무리하기 위해서는 최종 결정을 내리는 데 있어 신뢰할 만한 결단력 있는 지도자가 필요하다는 암묵적인 합의가 존재하기 때문이다.

# 갈등의 해소
## – 작업 현장에서부터 노벨 평화상까지

### 새로운 사실

핀란드의 전 대통령인 마르티
아티사리(Martti Ahtisaari,
오른쪽 그림 참고)는 2008년
노벨 평화상을 수상했다.
노르웨이 노벨위원회에 따르면,
"그는 30년이 넘는 세월 동안
여러 대륙에 걸쳐 국제적인
갈등을 해결하기 위해 펼쳐
보였던 위대한 노력을 인정받아"
상을 수여하게 되었다고 한다.
아티사리는 외교관과 평화
협상가로서 경력을 쌓아 유엔
코소보 특사로 임명되었고,
나미비아와 인도네시아 그리고
이라크의 평화를 적극적으로
중재했다. 그는 2000년에
국제분쟁을 전문적으로 해결하기
위해 비정부기구인 '위기관리
이니셔티브(CMI)'를 설립했다.

핀란드는 개개인의 용기와 강인함만큼이나 연대와 상생을
강조하는 나라이다. 핀란드에는 취미와 관심사를 중심으로
구성된 7만 개가 넘는 자원봉사 협회가 있다. 이들 협회의
회원 수는 500만 명 정도인데, 이는 핀란드의 총인구가
550만 명인 점을 고려하면 결코 적은 숫자가 아니다.

때로는 긴장 상태가 고조되는 경기장과도 같은 직장에서도
공동의 목표를 위해 함께 협력한다는 생각과 정의, 평등,
계급에 따른 차등 없는 사고는 여지없이 적용된다. 핀란드
사람들은 그들의 직업윤리를 진지하게 받아들이고, 이것이
근로조건과 임금에 반영되기를 바란다.

핀란드 노동자들 중 대략 75%가 하나의 노동조합에
속해 있을 만큼 핀란드에서 노동조합의 위치는 확고하다.
국제노동기구(ILO)는 핀란드를 세계에서 가장 효과적인
노동조합의 나라로 꼽았다. 단체협약은 일상적이고, 분쟁
해결은 대부분 직장에서의 협상으로 시작된다

### 국제적인 전문성

핀란드인들의 솔직하고 담백한 태도와 시수는 국제 무대에서
이루어지는 중재에도 아주 유용하게 활용되고 있다. 핀란드는
북아일랜드, 발칸반도, 아체, 아프리카 대륙의 북동부 그리고
캅카스산맥 같은 분쟁 지역의 평화 협상에 적극적으로 개입해
왔다. 핀란드인들의 솔직하고도 직설적인 대화방식이 갈등을
해결하는 데 중요한 역할을 하고 있는 것이다.

# 시수의 의사소통 원칙
## – 직설적인 대화를 위한 최고의 조언들

### 꾸밈없는 대화

문화들은 일련의 복잡한 사회적 문화적 규칙들에 기초하여 작동된다. 내가 살고 있는 곳과 상당히 다른 문화를 가진 나라에 외국인으로서 방문해 본 적이 있을 것이다. 그때, 이미 문화적 차이점에 대해 많이 알고 있었음에도 불구하고 이런저런 실수를 했던 경험이 누구에게나 있게 마련이다. 그러나 솔직하고 직설적인 핀란드에서라면 그 같은 실수를 할 가능성이 훨씬 줄어들 것이다.

공손함은 중요한 미덕이지만, 어쩌면 그 공손함으로 인해 우리가 직장과 집에서 중요한 문제를 공유하지 못할 수도 있다. 모두가 알고 있는 것처럼 말하지 않으면 의사소통할 수가 없다. 만약 핀란드인들처럼 단순 명쾌하게 대화하고 싶다면, 다음의 조언들을 참고하자.

### 1. 말에 사탕발림을 하지 말자

빙빙 돌려서 말하는 것은 보통 상황이나 문제를 혼란스럽게 만든다. 있는 그대로 솔직히 말하는 것과 요령이 부족한 것은 다른 것이다. 물론 직설적인 화법이 순간적인 불편함을 만들어 낼 수도 있다. 그러나 핀란드인들은 애초에 진실을 말함으로써 상황을 더 긍정적으로 만들 수 있다고 생각한다.

### 2. 귀 기울여 듣자

대화 상대에게 생각할 수 있는 시간과 공간을 주는 것은 존중의 표시다. 누군가가 말할 때 방해하거나 끼어들지 말자. 그런 행동은 역효과를 낳을 수 있고, 사람들을 방어적으로 만든다.

### 3. 자신의 지위를 이용해서 강요하지 말자

의사소통에서 계급이나 서열 자체는 큰 의미가 없다. 나의 생각이 만족스럽지 못한데도 내가 선배라는 위치에 있다는 사실에 연연해 고집해서는 안 된다. 대신 이야기를 나누는 모두가 동등한 사람이라는 것을 보여 준다면 좋은 감정을 상승시켜서 전혀 새롭고 긍정적인 의사소통이 가능할 것이다.

### 4. 말의 무게를 가늠하고 침묵의 가치를 소중히 하자

느긋한 대화는 오해를 덜 낳는다. 또한, 그만큼 잘못된 것을 말할까 봐 걱정하지 않아도 된다.

### 5. 진실성을 받아들이자

진실성은 핀란드의 삶과 일, 그 밖의 모든 면에서 무엇보다도 중요한 가치이다. 핀란드인은 누군가와 악수를 하고 말하는 것에 큰 의미를 둔다. 따라서 만약 그들에게 진실하게 말하지 않거나 건성으로 악수했다면, 곧 용서를 구해야 할지도 모른다.

### 6. 정직하자

협상을 시작할 때, 나의 모든 우려와 의구심을 기꺼이 상대방에게 말해야 한다. 이는 진정한 이해를 바탕으로 업무를 하기 위한 중요한 시작이다.

### 7. 초초해하지 말자

자신의 사회적 힘을 과시하거나 자기도취에 빠지지 말자. 그러면 의사 결정이 훨씬 더 신속해지고 간단명료해질 것이다.

### 8. 연극을 삼가자

핀란드 사람이 위기의 상황에 얼마나 감정 없이 대처하는지 지켜보라. 그들은 내면의 강인함을 요구하는 시수의 순간에 맞닥뜨리면 대부분 충분히 잘 해낸다. 업무를 하면서 핀란드 사람들과 멀어지려면 그들을 감정적으로 대하면 된다.

### 정직함의 가치

핀란드인이 칭찬해 준다면 그건 분명 진심에서 비롯된 것이다. 핀란드 사람들은 자신이 한 말이 부풀려지는 것을 좋아하지 않는다. 그래서 "사랑해." 같은 말을 결코 가볍게 던지지 않는다.

# 시수와 평등
## – 짧은 역사

## 새로운 사실
. . . . . . . . . . .
핀란드 여성들은 어느
나라보다 가장 높은 정치적
지위를 누려 왔다. 공화국의
대통령, 두 차례의 총리,
재무부장관, 외무부장관
그리고 국방부장관까지 두루
배출되었다.

**북유럽 국가를 제대로 이해하려면 평등의 중요성을 이해해야
한다.**

역사적으로 모든 북유럽 국가들은 농업에 크게 의존해 왔고,
가족들이 이런 힘든 생활 방식에서 살아남기 위해서는 일하는
강한 여성상이 요구되었다.

### 핀란드의 선두적인 여성들

1906년, 핀란드는 세계 최초로 모든 여성에게 투표권과
선거에 입후보할 권리를 부여했다. 오늘날 핀란드 여성들은
대부분 상근 직원으로 일하고 있으며, 전 세계에서 가장
많은 여성들이 가장 온전하게 정치나 경제에 참여하고 있는
나라이기도 하다.

평등은 핀란드가 성공할 수 있었던 비결로 여겨진다. 또한
평등은 여러 관계와 가족 간의 복잡하지 않은 의사소통에도
필수적이고 긍정적인 요소가 되었다.

# 동등한 관계를 향하여
## – 집안일의 부담 나누기

핀란드 사회는 남녀가 가정에서 동등하게 역할을 나눌 수 있도록 넉넉한 출산휴가를 제공하며, 남성들에게도 육아휴직을 주고 있다. 핀란드 사람들은 남녀 사이의 평등한 기여도를 시수만큼이나 중요하게 생각한다. 부모가 맞벌이를 하는 상황이라면 당연히 아버지도 아이 키우는 일에 동참하며, 모든 일을 동등하게 나눠 맡는다.

가정의 운영에 대해 다시 한번 생각해 보는 기회를 갖는 건 매우 중요하다. 그렇게 하면 이해의 차이로 인한 갈등을 줄일 수 있고, 가족 간에 열린 의사소통을 갖는 데에도 도움이 된다. 좀 더 평등한 관계를 유지하고 싶다면 다음과 같이 해 보자.

### 1. 실행 계획을 의논하자

집안일 가운데 가족들이 가장 좋아하는 것과 가장 싫어하는 것은 무엇인가? 매일 해야 하는 집안일에 대해 가족들 각자가 순위를 정하고 그에 따라, 누가 어떤 일을 맡을지 대략적으로 합의해 보자.

### 2. 기대하는 것에 대해 이야기하자

나의 가정생활은 어떤 모습으로 펼쳐지고 있는가? 어쩌면 말하지 않고 가슴에만 묻어 둔 가족 또는 배우자에 대한 요구가 내게도 있을지 모른다. 고정관념을 과감히 깨고 주어진 일들을 좀 더 행복하게 처리할 수 있는 방법들을 찾아보자.

### 3. 스스로를 분석하자

나는 다른 사람들에게 요구하는 것과는 다른 기준을 나 자신에게 적용하는가? 나는 특정한 업무나 기술에 대해 좀 더 가치 있다고 생각하며 중요도를 매기는가? 이것이 나와 내 가정생활에 어떤 영향을 끼치는지 되돌아보자.

### 4. 감사함을 표현하자

가정에서의 관계가 아무리 평등해도 매일 해내야 하는 집안일은 누구든 지치게 만든다. 배우자나 가족이 하는 아주 작은 일에도 관심을 기울이고 고마워하며 서로에게 생기를 불어넣어 주자. 그럼 그에 대한 감사의 표시가 부메랑처럼 내게로 돌아올 것이다.

# 전형적인 핀란드의 결혼 생활이란?
## – 리따와 유하의 인터뷰

나는 시수로 의사소통하는 것이 핀란드의 부부에게 무엇을 의미하는지 알아보고 싶어서 리타 베케베이넨, 유하 라팔라이넨 부부와 이야기를 나누었다. 두 사람은 모두 언론계에 종사하는 의사소통 전문가들이었고, 결혼한 지 26년째였으며, 열네 살 된 아들 일라리가 있었다.

**리따:** "존중은 모든 매끄러운 의사소통의 기초이자 행복한 관계의 바탕이에요. 사랑은 누가 쓰레기를 더 많이 버리러 나갔는지를 계산하는 것이 아니라, 누가 먼저 상대방을 위해 자발적으로 봉사하는가를 의미합니다. 우리는 항상 서로의 입장을 생각하고, 결코 '당신은 이걸 했으니까, 나는 저걸 할게.' 하는 생각은 하지 않습니다. 우리는 한 팀이니까요."

**유하:** "직접적으로 의사소통한다는 것은 발끈해서 마음속에 떠오르는 것을 모두 말해 버리는 것과는 다릅니다. 나는 단순 명쾌한 직접적인 의사소통을 서로에게 상처를 주는 현명하지 않은 말을 해도 되는 것으로 받아들이는 걸 아주 싫어합니다. 심지어 서로 격한 논쟁을 벌일 때조차도 상대에 대해 배려하고 존중해 주어야 합니다."

**리따:** "우린 '그건 여자의 일' 내지 '그건 남자의 일'이란 구분을 하지 않아요. 그래서 누가 되었건 더 적합한 사람이 그 일을 하지요."

**유하:** "우리 아버지는 어머니만큼이나 요리와 청소를 잘하셨습니다. 그래서 내게 집안일의 평등은 언제나 자연스럽게 느껴졌지요. 여성과 남성이란 고정관념들을 놓아 버리면, 부부 간의 관계는 훨씬 더 단순해지고 쉬워질 겁니다."

**리따:** "내게 시수는 고여 있지 않은 삶이에요. 우리는 서로를 독립적인 사람으로서 지원하고 서로의 직업적인 포부를 온전히 존중합니다."

**유하:** "내게 시수는 삶의 유연성을 의미합니다. 삶의 유연성은 정보에 근거해 결정을 내리고, 그 결정에 충실하되, 누구에게도 도움이 되지 않는 상황이라면 서슴없이 그 결정을 바꾸는 것입니다. 시수는 변화가 필요할 때, 변화할 수 있는 용기입니다. 그리고 내 생각에, 지금 모습 그대로의 자신을 좋아할 수 있는 것이 용기입니다."

**리따:** "시수는 우리가 살면서 마주하게 되는 시련들을 마땅히 감수해야 한다는 사실을 인정하고 받아들이는 거예요. 적응한다는 것은 분명 시수의 일부이고, 적응 능력은 강인함을 뛰어넘는 것입니다."

"나무처럼 강한 사람은 어쩌면
부러질지도 모른다. 반면에, 시수를 가진 사람은
구부러졌다가도 자신을 언제나 제자리로
돌려놓을 수 있다."

# 관계 속에서의 시수
## – 건강한 의사소통을 위한 조언들

가족, 집, 일, 취미 등 살면서 접시돌리기를 하듯이 지속적으로 해야 하는 행동 중에서 우리가 자꾸만 떨어뜨리는 접시는 낭만적인 관계이다. 낭만적인 좋은 관계를 유지하기 위해서는 충분한 의사소통이 반드시 필요하다.

## 1. 항상 존중하자

배우자는 내 삶에서 너무나 중요한 사람이다. 그러므로 소중한 남편 혹은 아내와 의사소통할 때, 폭력적이거나 모욕적인 말들과 욕설은 어떠한 상황에서도 해서는 안 된다.

## 2. 확인하거나 감시하지 말자

상대를 관대하게 대하고 후하게 생각하며 점수를 주자. 누가 더 많이 집안일을 하는지 계산하는 건 결국 불신을 불러오게 된다. 만약 두 사람 모두가 주려는 마음과 주어진 것에 감사하는 마음으로 서로를 대한다면, 이러한 관계는 절로 훌륭히 유지될 것이다.

## 3. 서로에게 자유를 주자

나는 물론이고 배우자에게도 개인적인 공간과 자신만의 취미가 필요하다는 것을 인정하자. 배우자를 통제하거나 자기 마음대로 다루려는 행동은 상대를 더 멀리 달아나게 만들 뿐이다. 반대로 배우자가 좋아하는 일을 하도록 격려해 주면 서로의 관계에 긍정적인 효과를 가져올 것이다.

## 4. 남들과 비교하지 말자

집안일에 관해서만큼은 성별에 따른 역할을 잊어버리자. 중요한 것은 다른 사람들이 어떻게 잘해 나가고 있는지가 아니라, 나의 가족이 어떻게 잘해 나가고 있는가이다. 물론, 전통적인 역할 분담이 두 사람 모두에게 만족을 준다면 굳이 그 역할을 바꿀 이유는 없다.

# 존중으로 의사소통하기
## – 진실성의 가치

시수로 의사소통한다는 것은 자신의 생각을 꿋꿋하게 지키는 것을 의미한다. 그러나 이는 사려 깊게 행동하지 않아도 된다는 의미는 결코 아니다. 핀란드 사람들은 진실성에 엄청난 가치를 두지만, 그렇다고 내 생각을 주장하기 위해 다른 사람의 생각과 의견을 함부로 대하는 일은 없다. 더 정중한 대화를 하고 싶다면 다음과 같이 해 보자.

### 적극적으로 듣자

대화의 주제가 가열되든 아니든 상관없이 적극적으로 듣는 습관을 들이자. 적극적으로 듣는다는 건 말하는 이에게 집중하고 모든 주의를 기울이는 것을 의미한다. 상대방이 말하는 중간에 끊거나 그 다음에 할 말을 생각하지 말고, 상대의 말에 귀 기울이면서 적절한 반응만 하자. 대화할 때는 전화받거나 메시지를 보내지 말자.

### 정직해지자

할 수 있는 한, 항상 친절하고 정직하게 상대방을 대하자. 종종 진실을 말함으로써 상처를 줄 수도 있지만, 정직한 진실은 건강한 관계에 있어 필수적이다. 만약 상대의 말에 동의하지 않는다 할지라도 계속 존중하라. 그리고 내가 실수를 저질렀을 때는 변명하는 대신 진심으로 사과하자.

### 스스로를 인식하자

오해는 대부분 말한 내용 때문이 아니라, 그것을 말하는 방식 때문에 일어난다. 내가 말한 의미를 상대방이 모두 이해한다고 지레짐작하지 말자.

### 공격하지 말자

상대방에게 "너"보다는 "우리" 또는 "나"라는 메시지를 전달하자. 예를 들어 "요즘 너 왜 나한테 얘기 안 해?"라고 말하는 대신, "요즘 우리가 이야기를 많이 나누지 못한 거 같아."라고 말해 보자.

### 조작하지 말자

감정적이 되는 것은 잘못이 아니다. 단지 감정이 지나쳐 대화가 원치 않는 방향으로 흘러가지 않도록 주의하면 된다. 그리고 이 토론이 우리 모두에게 공정한지, 상대방의 진실성을 존중하고 있는지 스스로에게 물어보자.

# 어떻게 하는지 배우기
– 돌려 말하던 그녀가 직접적으로 말하게 되었다

**나는 화목한 가정에서 자랐다. 그러나 나의 가정환경은 건설적인 갈등을 통해 성장하는 데에는 도움이 되지 않았다.**

자라는 동안 가족 간에 의견 차이가 생기기도 했지만 정면으로 맞서는 일은 드물었다. 모든 것이 용서되었다는 유일한 암시는, 화가 나 있던 누군가가 상대방에게 다시 말하기 시작하는 것이었다. 왜 그랬는지 이유는 없다. 그러나 모든 가정은 환경과 구성원의 성향에 따라 가족이라면 누구든 따라야 하는 암묵적인 규칙을 가지고 있고, 그러한 규칙에 자연스레 적응하게 마련이다.

뿌루퉁해지는 "전략"을 제외하면, 나의 도구상자에는 갈등이 발생했을 때 해결해 줄 만한 장비가 거의 없었다. 정중하면서도 사교적인 방법은 알고 있었지만, 속에서 부글부글 끓어오르는 분노에 대처하는 법은 알지 못했다. 그래서 나는 건강한 관계를 유지하기 위해 단순히 모든 사람들과 사이좋게 지내거나, 나와 비슷한 회피 전략을 갖고 있는 사람들과 시간을 보내는 방법을 선택했다.

진정한 관계는 갈등을 수반한다. 누군가 나의 심기를 불편하게 한다면, 그것만으로도 그와 나 사이가 얼마나 소중한 관계인지를 알아차릴 수 있다. 내가 전혀 신경 쓰지 않는 사람이라면 왜 굳이 그와 싸우려 하겠는가?

## 자기 자신의 목소리 찾기

나는 직접적으로 의사소통하지 못했던 나를 견뎌 주었던 가여운 첫 남자친구에게 애틋한 감사를 표한다. 나는 그 친구와의 관계에서 내게 부족했던 모든 것들을 극명하게 드러냈는데, 그 경험으로 인해 한 가지 교훈을 얻었다. 한 걸음 한 걸음, 논쟁하고 논쟁하면서, 서서히 나의 목소리를 찾아내게 된 것이다.

그 후로 나는 부정적인 감정을 더는 두려워하지 않게 되었고, 단지 부정적인 감정들을 갖고 있다는 이유로 나 자신을 좋지 않게 판단하는 일 또한 그만두게 되었다. 나는 공정한 싸움에도 익숙한 사람이 되었다. 아울러 나의 신념을 내 관점에서 확고하게 이야기하되, 상대방을 존중하는 기술들을 터득하게 되었다. 나는 그렇게 개인적으로나 직업적으로나 모든 관계들을 개선시켜 나갈 수 있었다.

그다지 놀랄 만한 일은 아니지만, 단호하면서도 상냥할 수 있는 기술은 일상생활에서 내가 가장 좋아하는 시수의 표현이다.

# 존중하는 의사소통
## – 그리고 피해야 할 기술들

불공정한 의사소통은 아주 미묘한 방식으로 나타나기도 한다. 1945년, 노르웨이의 심리학자인 잉얄트 니센(Ingjald Nissen)은 조작이나 굴욕감으로 다른 사람들을 억누르는 아홉 개의 "주요 억제 기술들"을 찾아냈다. 그리고 그 후에 노르웨이의 정치가이자 사회심리학 교수인 브리트 아스(Berit Ås)는 니센의 기술들을 다섯 개로 요약했다.

내가 누군가에게 이러한 "주요 억제 기술들"을 사용하고 있다면 의사소통 방식에 대해 되돌아볼 필요가 있다.

## 아스가 제시하는 다섯 가지 기술은 다음과 같다.
1. **누군가를 무시함으로써 보이지 않는다고 느끼게끔 만들기** – 예를 들어, 누군가의 공로를 인정해 주지 않거나 그의 생각을 훔치기.
2. **누군가를 조롱하기** – 개인적인 특성에 대해서 공개적으로 언급하거나 비웃기.
3. **누군가에게 정보를 주지 않기** – 예를 들면, 누군가에게 업무 미팅에 대해서 알려 주지 않은 채, 회의에 참석하지 않았다고 계속 비난하기.
4. **진퇴양난** – 무엇을 하든 상관없이 누군가를 끊임없이 꾸짖고 폄하하기.
5. **끝없이 비난하기** – 누군가를 당황스럽게 만들거나 자책감을 불어넣기.

중요한 것은 이 기술들의 본질과 작용을 이해해서 우리가 그 같은 일들을 하지 않도록 조심하는 것이다. 이는 아이를 키우는 데에도 적용된다. 만약 아이에게 무언가를 하도록 설득해야 할 때, 이 다섯 가지 기술을 적용한다면 상황은 더 악화될 수 있다. 물론 공정하고 정중하게 의사소통하는 것은 진정 어려운 일이다. 그럼에도 불구하고, 대화 상대가 누구든 공정하고 분명하게 의사소통해야 한다. 그리고 공정하고 예의 바르게 의사소통하는 법은 어린이는 물론이고 어른들 또한 배워 익혀야만 한다.

# 도전하고 인내하는
## 어른으로 성장하기

핀란드의 아이들은 아주 어릴 때부터
시수와 접하면서 자라난다. 시수가 어떻게
회복력 있고 행복한 아이들로 자라게
하는지, 도전에 맞서게 하고 용기를 키워
주는지 알아보자.

# 이른 시기의 권한 부여

## – 어린 시절의 시수

네 살 무렵 처음으로 스케이트를 신고 얼음판 위에서 불안정한 첫 걸음을 떼었던 때의 기억이 지금도 생생하다. 그때 나는 차갑고 단단하고 평평하지도 않은 그곳에서 얼른 나가고 싶었다. 무엇보다 새롭고 낯선 것을 시도해 보고 싶지 않았지만 어머니는 그런 나를 붙잡아 주는 대신 한쪽 옆에서 지켜보며 격려하듯이 웃어 주셨다. 내가 비틀거리며 위험을 무릅쓰고 더 멀리 나아갔을 때, 뒤쪽에서 "로케아스티 반(Rohkeasti vaan!)" 하고 외치는 어머니의 목소리가 들려왔다.

어머니가 내게 외쳤던 말은 "대담하게!" 정도로 번역될 수 있는데, 아이를 키우는 핀란드 부모들의 태도를 전형적으로 보여 준다. 핀란드 부모들은 아이를 품에 안고 있기보다는 권한을 주고 힘을 북돋워 주려 한다. 또한 공허한 칭찬보다는 도전에 맞서고 이를 극복하는 태도를 키워 주려 노력한다. 이런 생각이 바로 시수의 핵심이다.

나는 결코 자신감 넘치는 아이스 스케이터가 되지는 못했다. 하지만 언제든 새로운 일이나 두려운 것에 도전해야 할 때면, 내 마음 깊은 곳에서 들려오는 "로케아스티 반"이란 외침을 떠올리곤 한다.

> "내게 다가오는 도전에 맞서고
> 어려움을 극복하는 것이
> 시수를 키우는 열쇠이다."

# 시수로 키우기
## – 몇 가지 기본적인 지침들

**용기와 끈기, 인내는 우리 모두 필요로 하는 것이다. 이런 삶의 자세를 우리 아이에게 어떻게 키워 주면 좋을까?**

아이가 실망하지 않도록 반사적으로 노력하는 오늘날의 부모들이 아이에게 용기와 끈기를 키워 주는 것은 쉽지 않은 일이다. 그러나 아무리 좋은 의도를 가지고 있다고 해도 과잉보호는 아이의 성장을 방해한다.

핀란드에서는 여전히 전통적인 육아 방식으로 아이를 키운다. 아이를 "어려움 속에 빠뜨리는" 원칙을 지키며, 아이들을 사랑받고, 안전해야 하고, 보호받아야 할 약한 존재라고 여기지 않는 것이 핀란드식 전통 육아 방식의 특징이다.

시수로 양육하다 보면 현대와 전통의 양육법 사이에서 고민하게 된다. 역경이나 도전을 무조건 피해서도 무작정 밀어붙여서도 안 되기 때문이다. 아이들이 그 도전을 해낼 수 있다고 느끼도록 준비하고 기다려 주어야 한다.

## 1. 현실적인 칭찬을 하자

종종 핀란드식 육아 방식은 아이들의 노력을 충분히 칭찬하고 격려해 주지 않는다는 이유로 비난받는다. 그럼에도 모든 사람의 노력은 동등한 가치를 지닌다는 생각을 아이에게 새겨

주는 것이 핀란드식 육아 방식의 궁극적인 목표다. 예를 들어 "이건 내가 본 최고의 그림이야."와 "네가 저 그림을 어떤 생각을 염두에 두고 그렸는지 알 수 있을 것 같아." 의 차이다.

## 2. 실수를 학습 과정으로 이해하자

아이가 첫 번째 어려움에 맞닥뜨렸을 때 바로 포기하지 않도록 가르치는 것은 시수를 키우는 데 반드시 필요하다.

## 3. 불편함에서 즐거움을 찾게 하자

비가 오더라도 아이를 따뜻하게 입혀서 빗속을 같이 산책하거나, 물이 조금 차가워도 수영하게 하자. 불편함을 극복하는 것은 자부심을 북돋워 준다.

## 4. 건전한 직업윤리를 장려하자

청소할 때 아이가 간단한 집안일은 혼자 완료할 수 있게 해 보자. 내 방 치우기, 개 산책시키기, 정기적으로 설거지하기, 쓰레기 버리기 등 아무리 작은 일이라도 무언가에 대해 책임감을 갖는 것은 독립심을 키워 주고 일과 돈의 가치에 대해 가르쳐 준다. 이 같은 육아법을 어려서부터 시작하면, 아이에게 아주 자연스러운 생활 방식으로 자리 잡을 것이다.

# 밖으로 나가자

## – 자연을 공동의 부모로 만들기

어른들은 집에 정원이 있거나 근처에 놀이터가 있으면 아이에게 "여기 앉아서 뭐하고 있어? 밖에 나가서 놀아!"라는 말을 절로 하게 된다. 그런데 핀란드에서는 이 말에 "날씨와 상관없이"가 추가된다.

뺨이 빨갛게 얼고 콧물이 줄줄 흘러도 닦아 가며 눈싸움하기, 눈사람 만들기, 썰매 타기 그리고 빗속에서 놀기, 진흙탕 안으로 뛰어들기, 줄넘기하기, 자전거 타고 묘기 부리기, 친구들과 축구 시합하기 또는 나무 집짓기. 이러한 놀이들은 굳이 돈을 들이지 않고도 아이들이 자연에서 즐길 수 있는 활동들 중에서 단지 몇 가지 예일 뿐이다. 그리고 이 놀이들이 갖는 또 다른 공통점은 즐거운 자유를 느끼는 것이다. 그러니 날씨가 좋지 않으면, 놀다가 감기에 걸리면 좀 어떤가? 재미있고 즐거워서 행복하다면 말이다!

어렸을 적, 밖에서 놀기에는 너무 춥다고 투덜대면 어른들은 이렇게 말하곤 했다. "그럼 계속 움직여. 그럼 몸이 따뜻해질 거야!" 그땐 그렇게 생각하지 않았지만, 지금 생각하면 정말 좋은 충고였다.

### 자연적인 이익들

아이에게 날씨에 맞는 옷을 입히면 아이가 다양한 계절을 사랑하게 되는 건 그리 어렵지 않다. 또한, 아이들은 어떤 경우에도 우리가 생각하는 것보다 더 회복력이 빠르다. 그리고 무언가가 정말로 재미있다면, 어떤 불편함도 문제 삼지 않을 것이다. 가장 중요한 것은, 자연이 아이들을 돌봐 주는 유모가 되면 아이들은 자연 속에서 필요한 것을 스스로 찾아낸다는 사실이다. 물론 놀다 보면 나무에서 떨어지기도 하고 긁히기도 하고 멍도 들 것이다. 하지만 아이가 자신의 내부에 있는 시수를 발견하기 위해서는 반드시 적당한 자유가 필요하다. 부모는 아이를 위해 대신 시수를 찾아줄 수도 없고, 아이가 시수를 발견하는 걸 방해해서도 안 된다.

# 세상에서 가장 좋은 학교?
– 아이의 상황에 맞는 교육

핀란드가 지난 수십 년 동안 국제 뉴스에 자주 올랐던 주요 주제는 성공적인 학교 제도에 관한 것이었다. 2000년대 초, 국제학업성취도평가(PISA) 조사에서 핀란드가 많은 분야에서 최고 순위를 기록하자 세계는 처음으로 핀란드의 교육제도에 주목하게 되었다.

교육을 매우 중요하게 여기는 핀란드에서 이는 어쩌면 너무나 당연한 결과인지도 모른다. 무엇보다도 머리기사를 장식했던 내용은, 핀란드와 함께 상위권을 차지한 다른 나라들이 일반적으로 학교 밖 과외활동의 필요성을 강조하고 학생들에게 숙제를 많이 시키는 반면, 핀란드는 그렇지 않다는 사실이었다.

## 천천히 가라

핀란드의 학교 시스템을 뒷받침하는 바탕은 아이들이 성장하고 발전하려면 시간이 필요하다는 것이다. 핀란드의 아이들은 일곱 살에 학교에 입학한다. 그 아이들도 숙제를 받기는 하지만, 초등학교에서 제시한 숙제는 최대 한 시간 이내에 끝낼 수 있는 분량이어야 한다. 학교생활은 대개 9시에 시작하는데, 중간중간 여러 차례에 걸쳐 쉬는 시간이 주어진다. 저학년 아이들은 늦어도 오후 1시 또는 2시 이전에 수업이 끝난다.

이처럼 부드러운 접근은 효과가 있는 듯하다. 핀란드 아이들은 처음에는 뒤처지는 듯하지만, 다른 나라의 또래 학생들을 이내 따라잡는다.

# 무엇이 핀란드의 시스템을 작동하게 만들까?

## – 핀란드 학교의 비결

핀란드는 전통적으로 교육을 가장 중요하게 여겨 왔으며 몇몇 주요 가치들을 토대로 학교 시스템을 운영하고 있다.

### 1. 모든 학교는 평등하다

핀란드의 국립학교나 공립학교는 어느 지역을 막론하고 똑같은 고품질의 교육을 제공한다. 그래서 학부모들은 자신의 아이를 "최고의 학교"에 보내기 위해 조바심 내거나 경쟁할 필요가 없다. 따라서 대부분의 아이들은 집에서 가장 가까운 학교에 입학하며, 학교를 오가는 데 많은 시간을 들이지 않는다. 물론 소수의 사립학교도 있지만 다른 국공립학교보다 월등히 높은 수준의 교육을 제공하는 것은 아니다. 그러니 "남보다 앞선 아이"로 키우기 위해서라면 굳이 사립학교에 입학시켜야 할 이유가 없다.

### 2. 가르치는 것은 훌륭한 직업이다

핀란드에서 학생을 가르치려면 자신의 전공과목에서 적어도 석사학위를 받아야 한다. 이는 초등학교 교사들도 마찬가지다. 교사는 그에 걸맞은 급여를 받고, 존경받는 직업으로 여겨진다.

### 3. 누구나 좋은 교육을 받을 권리가 있다

공부를 잘하는 아이와 못하는 아이가 함께 공부한다. 이 때문에 특별한 학생들의 재능을 키워 주지 못한다고 비난을 받기도 하지만. 이 같은 시스템은 학업 능력이 뒤처지는 학생들의 성적을 끌어올려 준다. 또한 학업 성취도가 높은 학생은 교사가 재량하여 더 많은 도전을 제공한다. 중요한 것은 "어떤 아이도 뒤처지지 않게" 교육시키는 맥락 속에서 운용된다는 것이다.

## 4. 아이들은 개인적인 지원을 받는다

아이가 학습 장애를 겪으면, 조기에 지원을 제공한다. 지원은
교사나 보조 교사와의 일대일 개인 수업으로 이루어진다.
중간 규모 이상의 모든 학교에는 특정한 어려움을 겪는 다양한
아이들을 가르치기 위해 전문적으로 훈련된 교사가 적어도
한 명 이상 있다.

## 5. 교사들의 능력을 신뢰해 준다

핀란드에서는 교사의 능력을 결과에 근거해 지속적으로
평가하기보다는, 교사들이 교실 안에서 일정한 자유를 누릴 수
있게 한다. 모든 교사가 동일한 교육 과정에 따라 가르치되,
자신만의 창의적인 방식으로 수업을 진행하도록 장려한다.

## 내일의 핀란드 학교는 어떤 모습일까?

핀란드에서 최근에 시행되고 있는 교육 개혁은 획기적이어서
다소 논란이 되고 있다. 이 움직임은 디지털 도구로 수업을
하고, 그러한 수업의 상승효과를 높이기 위해 과목들 사이의
경계를 없애는 방향으로 나아가고 있다. 이러한 개혁이 보다
성공적인 학교를 만들어 내는 데 도움이 될지는 좀 더 두고 볼
일이다. 변화를 주장하는 이들은 다음 세대가 급변하는 취업
시장에 좀 더 잘 적응하여 준비하려면 변화가 필요하다고
주장한다. 반면에 그로 인해 우수한 학업 수준에 부정적인
영향을 줄 수 있다고 염려하는 이들도 있다.

# 교사 아니카 루터
– 시수를 다음 세대에 전하는 것에 대해

아니카 루터는 생물 교사이자 작가이며, 장성한 여덟 자녀들의 어머니. 헬싱키 시내에 살면서 상급 중등학교에서 16세부터 19세까지 학생들을 가르치고 있다.

"시수는 무엇보다 본보기를 통해 가르치는데, 그것이 학교가 담당하는 중요한 역할이고, 교사들은 학생들에게 본보기가 됩니다. 나는 환경문제에 대해서 매우 걱정하고 있지만 낙관적인 입장을 유지하려 합니다. 낙관주의는 격려하는 힘을 가지니까요. 만약 이제 더는 아무것도 할 수 있는 일이 없다고 생각한다면, 누구든 시도조차 하지 않을 거예요. 젊은 사람들은 세상에서 일어나는 모든 일에 환멸을 느끼고 무감각해질 위험이 있지요. 그들에게 우리가 포기하지 않고 계속 나아가는 모습을 보여 주는 것이 중요합니다. 우리가 책임지고 돌봐야만 하는 것들을 위해서 싸우는 모습을요."

"나는 학생들에게 공익을 위한 정신을 전달하고 싶어요. 우리는 우리 자신만이 아니라, 이웃과 인류를 생각하며 살아가야 합니다. 우리는 이 같은 삶을 함께 만들어 가야 하고, 그러한 삶의 모습은 어린 시기에 배울수록 좋습니다."

"어른의 균형감은 우리가 아이들에게 제공해 줄 수 있는 가장 좋은 것들 중 하나입니다. 어른들은 살아오는 동안 많은 일들을 겪으면서, 세상일이 늘 오르락내리락한다는 것을 알고 있어요. 비록 어두워 보이는 오늘의 상황도 생각보다 빨리 지나가고, 의외의 좋은 결과로 이어질 수 있다는 것도 알고 있지요. 본보기로 시수를 가르친다는 것은 바로 그 같은 지혜를 전하는 것이기도 합니다. 전혀 두려워하거나 걱정할 필요 없다고, 좀 더 견뎌 내며 계속 밀어붙이라고 말이에요!"

# 친구 옹호하기
## – 시수가 왕따를 방지하는 방법

스스로를 방어하지 못하는 사람들을 보호하기 위해서는 때로 용기가 필요하다. 우리 아이에게 시수를 길러 준다는 것은 그들이 흐름에 순응하지 않고 스스로 생각하도록 가르치는 것을 의미한다.

시수는 개인적인 능력이지만 핀란드인들은 이것을 공공의 이익을 위해서도 사용한다. 시수는 한 개인에게 의지의 힘과도 같아서 혼자 가야만 할 때 정말 도움이 된다.

### 과감히 달라지기

모든 부모들은 독립적인 사고를 가르치는 것이 얼마나 중요한지 잘 알고 있다. "만약 네 친구가 다리에서 뛰어내린다면, 너도 같이 뛰어내릴 것인가?"라는 오래된 속담은 또래 집단으로부터 받는 사회적 압력이 얼마나 큰가를 보여 준다. 아이들은 눈에 띄기보다는 또래들과 적응하며 어울리고 싶어 한다. 또한 또래들과 다르게 보이는 것은 바람직한 것이 아니라 위험한 것이라고 생각한다. 그 어느 때보다 친구가 중요할 때, 아이에게 독립적으로 생각하도록 요구하는 것이야말로 바로 도전이자 용기일 수 있다.

그러나 아이들은 대개 타고난 용기와 공정함을 가지고 있고, 그것을 발휘시키려면 조금의 설득과 어른들의 좋은 본보기만으로도 충분하다. 그러니 아이에게 서로를 돌보는 법을 가르침으로써 그들이 변화를 일으킬 수 있고, 도전에 맞설 수 있다는 믿음을 주면 된다.

## 새로운 사실
. . . . . . . . . .
키바(KiVa)는 핀란드에서 개발되어 핀란드 학교의 90 퍼센트가 사용하고 있는 집단 괴롭힘 방지 프로그램이다. 이 프로그램은 높은 성공률 덕분에 다른 나라에서도 시행되고 있다. 키바는 지난 수십 년 동안 왕따의 원리에 대해 연구해 왔고, 아주 다양한 면에서 깊이 있게 이 문제를 다루고 있다.

# 정의감
## – 진실성 발전시키기

## 새로운 사실

1930년대 이후, 핀란드의 모든 산모들은 정부로부터 무료 "베이비 박스"를 받고 있다. 이 베이비 박스에는 아이에게 필요한 기저귀, 옷, 신발, 책, 장난감 그리고 침낭을 포함한 50가지 정도의 온갖 물품들이 담겨 있다. 베이비 박스는 몇 주 동안 아기 침대로도 사용할 수 있다. 핀란드에서 시작된 베이비 박스는 스코틀랜드와 일본의 일부 지역 그리고 최근 들어 미국의 몇몇 주에서도 나누어 주기 시작하는 등 전 세계적으로 인기를 끌고 있다.

**핀란드에서는 모든 형태의 체벌이 법적으로 금지되어 있고, 아이들의 권리가 존중된다.**

핀란드에서는 북유럽의 다른 국가들과 마찬가지로, 절대 체벌하지 않는다는 기본 정신이 강력하게 지켜지고 있다. 아이를 때리지 않는다는 것은 더 작고 약한 누군가를 상대로 더 우월한 힘을 쓰지 않는 것 이상의 의미, 곧 폭력은 폭력을 낳는다는 기본 생각에서 비롯된 것이다. 이는 아이들의 완전함을 인정하고 보호한다는 것이며, 진실하게 대우받은 사람들이 결국 다른 사람들도 진실하게 대한다는 취지를 담고 있다. 그리고 진실성을 갖는다는 것은 곧 시수를 갖는다는 것이다.

## 이제는 모두 함께

핀란드는 사회적 평등을 무척 자랑스러워한다. 상대적으로 높은 세금으로 실업이나 질병의 경우가 생겼을 때를 대비해 모두를 위한 사회보장 안전망을 구축하고, 모든 단계에서 교육을 무료로 받게 했다. 물론 완벽한 체계는 아니라 해도 이는 선한 의도에서 출발되었으며, 성공하든 실패하든 우리는 언제나 함께한다는 공동체 의식이 깔려 있다.

심지어 오늘날 같은 개인주의 시대에도 핀란드인에게는 우리가 살기 원하는 사회를 만들기 위해 함께 일하고 있다는 뿌리 깊은 의식이 존재한다. 시수를 갖는다는 것은 어른과 어린아이 모두를 동등하고 공정하게 대하는 것을 의미하며, 이는 다음 세대로 이어져야 할 중요한 가치이다.

# 불편함에 대한 예찬

## – 직접 해 보기

핀란드 사람들은 내심 불편함을 사랑한다. 기후는 오랫동안 핀란드인의 주된 적이었지만, 그런 환경 속에서도 조용하고 끈질기게 주어진 어려움을 계속해서 이겨 내원하는 것을 그들의 것으로 만들어 왔다. 그리고 이것이야말로 우리 아이들에게 전해 주어야 할 태도이다.

활기차고도 쾌활한 태도는 조금 더 불편한 자연에 적응하는 데 필요한 최고의 태도이다. 농업기술을 차세대에게 전수하는 국제 청소년단체인 "4-H 클럽"은 핀란드에서 가장 확고한 발판을 마련했다. 자연에서 용기 있게 맞서 나아가는 정신과 기술을 함양하는 스카우트 활동도 마찬가지다.
만약 우리 아이가 "시수로 가득 차게(sisukas)" 자라나기를 원한다면, 다음에 소개하는 활동들을 적용해 보자.

## 1. 아이들을 자연 동호회에 등록시키자
아이들은 자연 동호회에서 자연에 대한 새로운 관심과 같은 생각을 가진 마음 맞는 친구들도 함께 찾을 수 있을 것이다.

## 2. 가족 캠핑 여행을 떠나자
부모가 캠핑을 통해 본보기를 직접 보여 주면 보다 많은 것을 알려 줄 수 있고, 그런 습관들은 아이의 삶에 큰 영향을 미친다.

## 3. 아이를 믿고 몇 가지 탐험을 해 보자
아이가 스스로 계획한 여행을 떠나 보자. 그러면 아주 재미있어할 뿐 아니라, 용기와 자신감도 북돋워 줄 수 있다.

## 새로운 사실
핀란드에서는 자연환경해설사로 직업 학위를 받을 수 있다. 학위 과정은 리더십 훈련과 생존 기술부터 카약 타기, 등산하기 그리고 아이스 스케이트 타기에 이르기까지 다양한 것이 포함된다.

# 시수 아이들
– 풍부하고 신선한 공기와 적당한 관심

북유럽 국가들마다 몇 가지 독특한 습관들이 있는데, 핀란드에서는 영하의 기온에도 아이가 유모차에 탄 채로 밖에서 낮잠을 자도록 내버려 둔다. 또 종종 겨울에 창문이 약간 열려 있는 채로 잠을 자기도 하고, 하루에도 집 안을 몇 차례씩 환기시키며, 바깥 날씨에 상관없이 아이들을 밖에서 놀게 한다. 이 모든 것은 시수 회복력을 키워 주는 명랑한 태도와 적당한 관심, 건전한 상식과 정신으로 이어진다.

외국인들은 영하의 날씨에 아기를 유모차에서 재우는 광경을 보고 종종 충격을 받는다. 하지만 적절히 대비한다면, 추위는 오히려 우리 모두에게 매우 유익할 수 있다. 신선한 공기는 우리가 편히 잠잘 수 있도록 해 주고, 면역 체계도 향상시켜 준다.

## 강인한 내성의 유산

핀란드 사람들은 세균에 대해 과민 반응을 보이거나, 집 안 곳곳에 항균 스프레이를 뿌려 대지 않는다. 불필요한 위험을 감수할 이유도 없지만, 잠재적인 위험을 과장할 필요도 없기 때문이다. 핀란드인에게는 이전 세대의 엄격함이 아직도 어느 정도 뿌리 깊게 자리 잡고 있다. "아이들이 진흙탕에서 놀거나 약간의 모래 혹은 눈을 먹어도 호들갑을 떨지 말라. 왜냐하면 그 정도는 아무런 해도 끼치지 않기 때문이다."

나는 북쪽보다 대체로 겨울이 따뜻한 핀란드의 남해안에서 자라났다. 그러나 1980년대의 어느 겨울은 유난히도 추워서 몇 주 동안 기온이 영하 33도로 떨어졌다. 그럼에도 나는 여느 때처럼 걸어서 학교에 갔다. 속옷을 세 겹으로 껴입고, 벙어리장갑과 털모자도 두 개를 겹쳐 썼다. 난 목도리를 둘러 얼굴을 완벽하게 가리고 집을 나서면서 그런 상황에 약간의 흥분을 느꼈다. 그때 정말로 예외적인 건 학교에서 쉬는 시간에 밖으로 나가 노는 것이 허락되지 않았다는 것이었다. 그때껏 그런 적은 단 한 번도 없었다. 바깥 온도가 영하 20도보다 더 아래로 내려가도 우리들은 언제나 쉬는 시간 15분 동안 모두 밖에 나가 놀았다.

내가 말하고 싶은 건 일단 궂은 날씨를 무릅쓰고 용감하게 밖으로 나가 보면, 생각보다 그렇게 나쁘지만은 않다는 것이다. 그리고 부모나 어른들이 쾌활한 태도로 격려해 준다면 아이들도 똑같이 긍정적으로 느낄 것이다.

# 나만의 안전 구역에서
## 벗어나 도전하기

왜 나만의 안전 구역을 벗어나야
하는 걸까? 시수로 목표를 설정하고,
도전하고, 주어진 상황을 극복했던
이야기를 통해 영감을 얻어 도전해 보자!

# 참을성 키우기
## – 주어진 상황을 극복하는 방법

### 새로운 사실
. . . . . . . . . . .

핀란드는 뼈를 으스러
뜨리는 턱과 먼 거리를 달릴
수 있는 능력으로 유명한
울버린의 고향이다. 강하고
끈기 있는 울버린은 쉬운
길을 택하기보다는 오히려
산을 넘어 다니는 것으로
알려져 있다.

핀란드는 11월부터 2월까지 반 암흑에 싸여 있는 데다,
겨울이 되면 기온이 영하 25도 이하로 떨어질 수도 있다.
그럼에도 불구하고 핀란드 사람들은 놀라울 만큼 야외 활동을
많이 하는 편이다. 심지어 눈이 내리는 날에도 자전거를 타고
출근하는 핀란드인들을 흔히 만날 수 있다. 핀란드에서는
스포츠가 대다수 평범한 사람들의 취미 활동이다. 그리고
얼음낚시와 겨울날 강이나 바다에서 목욕하는 모습은
폭풍우가 몰아쳐도 앞일을 걱정하지 않는 그들의 쾌활한
마음가짐을 그대로 보여 준다.

만약 기후가 핀란드인들의 삶을 결정지었다면, 아마 거의
아무것도 하지 못했을 것이다. 그러나 핀란드 사람들은 날씨와
상관없이 움직이는 것을 진정으로 좋아한다.
북유럽 사람들의 삶에서 햇빛이 있는 날과 없는 날의 뚜렷한
차이는 놀라울 정도다. (28쪽 참고) 바람, 진눈깨비, 눈과
비가 모두 함께 존재한다면 왜 시수에서 기후가 중요한
역할을 하는지 이해할 수 있을 것이다. 내게 참을성이 있는지
알고 싶다면 내가 상황을 지배하는지, 아니면 상황이 나를
지배하는지 질문을 던져 보자.

## "기쁨은 인내의 반대쪽에서
## 기다리고 있다."

나만의 안전 구역에서 벗어나 도전하기

# 스포츠와 시수, 핀란드 사람들
## – 시수가 필요한 열정적인 도전

핀란드 사람들은 스포츠에 직접 참여하는 것을 좋아하지만, 경기를 관전하는 것 역시 무척이나 좋아한다. 열정적인 스포츠팬을 지칭하는 "펜끼우르헤이루(penkkiurheilu)"라는 신조어를 만들어 냈을 정도로 말이다. 이 말을 문자 그대로 옮기면 "벤치 스포츠"를 의미한다. 사이드라인에서 연습하든, 아니면 잠옷을 입은 채 TV 앞에서 연습하든 상관없다. 중요한 것은 무언가에 여러분의 모든 것을 쏟아붓는 것이다.

핀란드 사람들은 아이스하키와 스키 같은 전통적인 겨울 스포츠는 물론이고, 아주 다양한 스포츠에 관심이 있다. 예를 들어 "조용한 핀란드인이 빠르게 달린다."는 말은 핀란드인들이 즐겨 관전하는 스포츠이자, 유명한 드라이버들과 랠리 서킷이 등장하는 세계 최고의 자동차경주대회 포뮬러 원 중계에서 자주 들을 수 있는 말이다.

### 시수 스포츠의 영웅들

핀란드 사람들은 크로스컨트리 스키나 장거리 달리기처럼 지구력이 필요한, 시수에 어울리는 종목을 즐긴다. 이 두 종목 모두 전설적인 장거리 육상 선수 파보 누르미(126쪽 참고)와 스키 선수 유하 미에토 등 대표적인 영웅들이 만들어 낸 시수의 순간들로 가득하다. 라세 비렌은 1972년 뮌헨올림픽에서 시합 도중에 넘어졌지만 끝까지 달린 끝에 우승을 넘어 새로운 세계신기록까지 세움으로써 모든 핀란드인들의 마음을 사로잡았다.

**새로운 사실**

노르딕 워킹은 핀란드에서 개발되었다. 이는 노르딕 워킹 전용 스틱으로 땅을 밀치면서 앞으로 걸어 나가는 걷기 운동으로, 체력의 수준과 상관없이 모든 사람들에게 적합하다.

# 목표 설정의 첫걸음
## – 성공을 위해서는 어떻게 계획하는가

시수에 관해 이야기를 나누어 보면 거의 모든 사람들이 목표를
설정하는 것이 중요하다고 말한다. 누구든 경주를 하거나 등산을
할 때, 자신이 성취하고 싶은 것이 무엇인지 알고 있다. 그러나
그 목표가 무엇이든 목표에 실제로 다가가려면 계획이 중요하다.

목표를 너무 지나치거나 막연하게 세우지 않으려면, 아래의
조언들을 참고해 보자.

### A. 내가 믿는 현실적인 목표를 정하자
• • • • • • • • • • • • • • • • • • • •

목표를 대담하게 세우는 것은 괜찮다. 그러나 그 목표는 가능한
것이어야 하고, 일단 목표가 설정되면 인내심을 가져야 한다.
목표를 이루려면 수개월 이상의 노력이 필요할 수도 있다.

### B. 나의 목표를 더 작은 이정표로 나누자
• • • • • • • • • • • • • • • • • • • •

목표에 도달하려면 내가 오늘 무엇을 해야 할지를 생각해야 한다.
정해 놓은 이정표에 도달했을 땐 자축하는 것도 잊지 말자. 최종
목표를 10km로 잡았다면, 매 km마다 스스로를 토닥여 주자.

### C. 준비하고, 준비하고, 준비하라
• • • • • • • • • • • • • • • • • • • •

자신과 주변 사람들에게 결코 중도에 포기하지 않을 거라고 계속
말하는 것만으로는 충분하지 않다. 계속 인내하며 나아가려면
의지할 수 있는 무언가를 갖는 것이 필요하다. 훈련 계획을 착실하게
지켜 나가면 힘들어질 때마다 나에게 계속 앞으로 나아가야 한다는
의지와 확신을 줄 것이다.

# 움직이기
## – 당신의 시작을 도와줄 몇 가지

체력을 향상시키고 싶지만 어디서부터 어떻게 시작해야 할지
모르겠다면, 여기 소개하는 간단한 몇 가지 시도로 나만의
시수를 만들 수 있다.

## 1. 내가 있는 곳에서 시작하자

운동은 복잡하거나 거창해야 할 필요가 없다. 출근할 때 걷거나
자전거를 타는 것, 엘리베이터 대신 계단을 이용하는 것 모두가
운동이다. "아르킬리이쿤타(arkiliikunta)"는 내가 집안일을
하든, 어느 장소에서 다른 장소로 이동하든, 몸을 움직이는
모든 기회를 이용하라는 의미의 핀란드식 개념이다.

## 2. 자연에서 시간을 보내자

예전 사람들은 정기적으로 달리고, 등산하고, 걷고, 스키를 타고,
수영하고 자전거를 탔다. 그리고 그건 운동이 아니라 삶이었다.
근처에 있는 숲이나 공원에서 빠른 걸음으로 산책하고, 산을
오르고, 베리를 따거나, 내가 살고 있는 지역의 강을 따라
자전거를 타고 아주 천천히 돌아보며 자연 속에서 움직여 보자.

## 3. 간소하게 시작하자

진정한 변화는 느리다. 만약 건강한 몸을 만들기 위해 계획
중이라면, 지금 당장 내가 살고 있는 마을의 큰길 끝까지 달리는
것을 첫 번째 목표로 삼고, 다음 목표를 차근차근 실천하자.
이것이 바로 시수의 방법이다.

## 새로운 사실

핀란드에서는 보행자와 자전거
타는 사람들에게 도로의 많은
공간이 제공된다. 그리고
최근에는 자전거를 타고
출근하는 사람들에게는 자동차
운전자에게 주어지는 것과 같은
세금 공제 혜택을 제공하는 법률
개정안이 만들어졌다.

# 시수 이야기
## – 탁월한 육상 선수, 파보 누르미

### 새로운 사실

1924년 파리 올림픽 당시, 8km 크로스컨트리 달리기 경기에서는 섭씨 45도가 넘는 이상 고온으로 인해 38명의 참가자들 중 총 23명의 선수가 중도에 시합을 포기하는 사태가 벌어졌다. 그들 가운데 여덟 명은 들것에 실려 나갔으며, 한 선수는 방향감각을 상실한 채 빙글빙글 돌며 달리다가 관중석 펜스와 충돌해 의식을 잃기도 했다. 관중들은 충격을 받았고, 올림픽 위원들은 크로스컨트리 종목을 그 후 올림픽 정식 종목에서 제외시켰다. 하지만 파보 누르미는 같은 핀란드 선수인 빌레 에이노 리톨라보다 1분 30초 가까이 앞서 일등으로 골인 지점을 통과한 뒤, 그저 약간 힘들다는 손짓만 했을 뿐이다. 그는 훗날 그 같은 자신의 체력이 핀란드식 사우나 덕분이라고 밝혔다.

파보 누르미(1897 – 1973)는 유명한 중장거리 육상 선수였다. 그가 핀란드의 스포츠와 국민 정서에 끼친 영향은 그야말로 대단한 것이었다.

그는 올림픽에 세 차례 출전해 12종목에서 9개의 금메달과 3개의 은메달을 땄고, 1500m와 20km 사이의 각 종목에서 공식 세계신기록을 총 22차례 세웠다. 누르미는 전성기 때 800m 이상의 경기에 121차례 참가하는 동안 단 한 번도 진 적이 없었다. 그는 엄격한 자기 훈련과 불같은 의지로 "강하고 조용한 핀란드인"의 전형적인 본보기가 되었다.

### 파보 누르미가 구현한 시수

누르미는 무엇보다 정신력의 중요성을 강조했다. 그는 이런 말을 남긴 것으로 유명하다. "근육은 고무 조각에 불과할 뿐이지만, 정신은 모든 것입니다. 나의 모든 것은 나의 정신 덕분에 가능했습니다." 누르미는 경쟁 선수에게조차 자신의 적수에 대해 잊으라고 조언하기도 했다. "운동선수에게 나 자신을 정복하는 것이야말로 가장 위대한 도전입니다."

한 개인으로서의 누르미는 까다롭고, 말수가 적고, 고집스런 사람으로 알려져 있다. 동시대에 살았던 몇몇 사람들은 그에게 "위대하고 조용한 사람"이라는 별명을 붙여 주었다. 누르미는 전성기 때 세상에서 가장 위대한 스포츠 스타였음에도 불구하고 매스컴에 나서는 것을 싫어했고 명성을 과시하는 것을 경멸했다. 그는 단지 끊임없이 노력해 나갔을 뿐이다.

# "모든 것은 마음먹기에 달려 있다."

## 파보에게서 배워야 할 세 가지

### 1. 오직 자신과 경쟁하라

이겨야 할 유일한 대상은 나 자신이다. 다른 사람과 경쟁해야 한다는 마음가짐으로 사는 것은 나를 지치게 하고, 끊임없는 긴장감 속에서 살게 할 뿐이다.

### 2. 모든 것은 나의 정신에 달려 있다

어떠한 장애물도 극복할 수 있다는 믿음이 필요하다. 그러나 그 같은 믿음이 내 안에서 느껴지지 않는다고 해도 낙담하지 마라. 우리들 대부분은 손상된 자존감을 가지고 있고, 복구가 필요하다. 그러니 왜 나는 스스로의 능력을 믿지 못하는지 조용히 자기 자신을 성찰해 보자.

### 3. 침묵 속에서 당신의 힘을 찾아라

오늘날 우리가 살아가고 있는 SNS로 연결된 세상은 파보가 내면의 힘을 발견하고 연마했던 "포장도로 위를 침묵 속에 한 걸음 한 걸음 달려 나갔던" 방법과는 거리가 멀다. 침묵은 나의 내면에 집중하기 위해 꼭 필요하다. 파보는 경쟁자들을 자욱한 먼지 속에 내버려 두었을지언정 자기 자신으로부터는 도망치지 않았다.

# 안전 구역
## – 그리고 내가 때로는 그곳을 떠나야 하는 이유

우리 모두는 자신이 살기 원하는 정신적으로 편안한 안전 구역을 가지고 있다. 우리는 보통 이 구역 안에서 우리가 잘한다고 생각하는 것들을 하면서 하루하루를 보낸다. 안전 구역에 머물면 건강한 생활을 할 수는 있겠지만, 스스로를 발전시키려면 도전이 필요하다. 시수는 안전 구역에서는 거의 필요하지 않아도 그곳을 벗어나는 순간 다시 활약하게 된다.

안전 구역이라는 개념에는 "최적의 불안"이라는 개념이 포함되어 있다. 그리고 "최적의 불안"은 안전 구역 바깥에서 느낄 수 있는 스트레스 수준이 낮거나 조금 더 높은 상태를 의미한다. 대부분 부담을 느끼는 새로운 상황에 직면했을 때 갖게 되는 불안하고 불편한 상태에 대해 잘 알고 있다. 이때 내가 스스로에게 도전하고 자신의 시수를 활용하면 놀라운 결과를 얻을 수 있다. 그러나 너무 무리하게 밀어붙이면 스트레스 수준이 치솟아 오히려 도전하는 것이 애당초 좋지 않은 결정이었다는 생각을 갖게 될 수 있다. 그러니 최적의 불안은 관리가 가능한 수준에서 유지해야 한다.

모든 사람의 안전 구역은 저마다 다르다. 때론 나의 시야를 넓히느라 다른 사람의 시야를 마비시킬 수도 있지만, 나의 안전 구역에서 벗어나는 것은 내 삶을 역동적으로 만들어 준다. 만약 내가 안전 구역 안에서 너무 오래 머물렀다고 느껴진다면 지금 바로 얼마든지 시야를 넓힐 수 있다.

## 1. 일상의 일들을 다르게 해 보자

매일 가는 길이 아닌 다른 길로 출근해 보자. 새로운 식당에 가 보고, 잘 몰랐던 새로운 작가의 책을 읽어 보자. 내가 매일매일 하는 일의 방식에 변화를 주고, 어떤 변화가 일어나는지 지켜보라.

## 2. 작은 단계부터 시작하자

나의 안전 구역에서 벗어나려면 시수가 필요하다. 천천히 시작하는 것을 두려워하지 말자. 만약 인간관계에 자신이 없다면, 먼저 가볍게 인사하자. 거기에서부터 시작하면 된다.

## 3. 시간을 갖고 천천히 결정하자

속도를 줄이고, 무슨 일이 일어나고 있는지 관찰하며 내가 보는 것을 해석할 시간을 가져보자. 때로는 경험에서 비롯된 현명한 결정을 내리는 것만으로도 안전 구역 밖으로 나설 수 있다. 무작정 반응하지 말고, 생각하라!

# 겨울 수영
## – 생각하는 것만큼 극단적이지는 않다

겨울 수영은 대개 나이 든 세대들이 즐기는 취미 활동이지만, 최근 젊은 사람들과 유행에 앞선 사람들 사이에서도 점점 인기를 끌고 있다. 얼음같이 차가운 물에 몸을 담그는 것은 강인한 정신을 키워 줄 뿐만 아니라 건강에도 도움이 되고, 에너지를 한껏 상승시켜 준다.

온몸이 얼어붙을 만큼 차가운 얼음물 안으로 들어가려면 정말로 상당한 시수가 필요하다. 하지만 일단 처음에 느꼈던 엄청난 충격이 가시고 나면, 환상적인 상쾌함을 느끼게 된다.

## 차가운 물과 함께 친구 만들기

얼음물 속에서 수영하는 것은 순환과 소화 기능을 높여 주고, 피부를 탄탄하게 해 주어 노화를 늦춘다는 사실이 입증되었다. 또한 겨울 수영의 단골손님들은 혈압이 상당히 떨어지는 것을 경험한다. 핀란드 북부 지역의 많은 사람들은 겨울 수영을 하며 아침을 시작한다. 언뜻 너무 극단적인 것처럼 여겨질 수도 있지만, 겨울 수영(아반토우인티 avantouinti, 얼음 구멍과 수영의 합성어)은 사실상 누구에게나 적합한 운동이다. 그러나 심장 질환이나 고혈압이 있다면, 반드시 먼저 의사와 상담을 하는 것이 좋다.

## 겨울 수영의 요령

### 1. 먼저 차갑게 식혀라
• • • • • • • • • • • • • • •
보통 사우나에서 겨울 수영으로 이동하는데, 얼음물에 입수하기 전에 온도 차이를 줄이려면 몸을 차갑게 식히는 것이 중요하다.

### 2. 근육을 천천히 풀어 주어라
• • • • • • • • • • • • • • •
만약 사우나부터 시작한 게 아니라면, 얼음물에 들어가기 전에 약간의 운동으로 근육을 먼저 풀어 주는 것이 좋다.

### 3. 서서히 익숙해져라
• • • • • • • • • • • • • •
물속으로 천천히 들어가 처음에는 1분 정도 가만히 머물렀다 나온다. 익숙해지면 점차 더 오래 물속에 머물 수는 있겠지만, 물속에서 오래 있는 것이 목표는 아니다.

### 4. 숨을 쉬어라
• • • • • • • • • • • •
처음에는 추워서 숨이 가빠져 헐떡이게 된다. 하지만 호흡운동을 하면 평상시처럼 정상적으로 호흡할 수 있다.

### 5. 끝난 뒤에는 껴입어라
• • • • • • • • • • • • • •
일단 겨울 수영을 끝내고 물에서 나오면 몸을 완전히 말리고 따뜻하게 입어야 한다.

# 시수 이야기
## – 파트릭 "파타" 데거만과의 인터뷰

핀란드 사람인 파트릭 데거만(Patrick Degerman)의 명함에는 "탐험가"라고 적혀 있다. 그는 지난 20여 년 동안 아마조나스, 보르네오섬 그리고 태평양의 다양한 무인도뿐만 아니라 북극으로 가는 마흔 번의 여행과 누구도 탐험하지 않은 남극 대륙으로 다섯 차례의 여행을 조직하고 이끌었다. 또한 그는 전 세계 16개의 산봉우리를 최초로 오른 사람이기도 하다. 지구상에서 가장 가혹한 조건을 몸소 경험하면서 몇 차례나 죽을 고비를 가까스로 넘겼던 사람으로서, 파타는 시수에 대한 확고한 신념을 가지고 있다.

"나에게 시수는 절대 포기하지 않는 것을 의미합니다. 이제껏, 그리고 앞으로도 절대! 시수는 당신의 내면에서 이미 갈등이 진행되고 있을 때 활용할 수 있는 힘의 자원입니다. 원하는 대로 문제가 해결되지 않으면, 당신은 아마도 육체적으로나 정신적으로 진이 다 빠져 버릴 수 있습니다. 나 역시 수많은 순간에 거의 포기할 뻔했지만 잔뜩 위축된 채 반나절을 보낸 뒤 생각했습니다. '내가 이곳까지 오기 위해 필사적으로 뚫고 지나왔던 그 모든 것들을 뒤로 한 채, 결국 패배를 인정하려 하는 것인가?' 그리고 내 자신에게 다시 묻습니다. '이 일은 여전히 성취 가능한 것인가?' 그 질문에 긍정적으로 대답할 수 있을 때, 나는 다시 힘을 내어 눈앞에 있는 장애물들을 뚫고 나아가기 시작했습니다."

"인내는 시수의 가장 중요한 부분입니다. 때로 당신은 무언가가 일어나는 것을 보기 위해 몇 년 동안 기다려야 할 수도 있습니다. 그러나 시수는 완고함과는 다릅니다. 비록 그 때문에 당신이 신속하게 대처하는 것이 어렵긴 하겠지만, 시수는 당신을 외교적이고 사려 깊게 만들어 줍니다. 그리고 경쟁에서 충분히 오래 살아남을 수 있을 만큼 강하게 만들어 주기도 합니다.
만약 당신의 마음속에 심어 둔 시수의 개념이 있다면, 그것은 당신이 기회를 더 빨리 얻을 수 있도록 도울 겁니다. 내가 느끼는 핀란드 사람들의 유리한 점은, 시수가 철저히 핀란드의 것이라는 사실이 아니라, 우리가 이름을 붙여 주었고 그것과 친해질 수 있는 방법을 배웠다는 사실입니다."

## 파타가 추천하는 시수의 원칙들

### 1. 무슨 일이 있어도 절대 포기하지 마라!

무엇보다 마음가짐이 중요하겠지만, 이 또한 좋은 계획과 충분한 준비가 뒷받침되어야 한다.

### 2. 당신의 동기를 제대로 이해하라

그래야 당신이 안전 구역에서 벗어나 가능한 수준까지 도달할 수 있다. 당신이 무엇인가를 성취하고 싶어 하는 이유를 제대로 파악하고, 그것을 해낼 수 있다고 믿어라.

### 3. 용기는 두렵지만 계속해서 나아가는 것이다

시수를 갖는다고 두려움을 느끼지 않는 것은 아니다. 두려움은 우리에게 도움이 되는 건강하고 인간적인 반응이다. 다만 두려움이 당신을 조종하게 내버려 두어서는 안 된다.

### 4. 아무것도 하지 않으면, 아무 일도 일어나지 않는다

말 그대로이다. 후회하며 살기보다는, 당신의 꿈을 추구하라.

### 5. 요청하지 않으면 절대로 얻을 수 없다

혼자서 할 수 있는 것은 거의 없다. 누구든 다른 사람들의 도움이 필요하고, 도움을 요청하는 것을 두려워해서는 안 된다.

## 새로운 사실

1997년, 파타 데거만과 동료 산악인 베이카 구스타프손은 훗날 그들이 "시수산"이라고 이름 붙인 남극 대륙의 어느 봉우리에 처음으로 올랐다. 두 사람은 산꼭대기에 오르자마자 다가오고 있는 폭풍우에 갇히는 최악의 상황을 피하기 위해, 가장 안전한 경로를 타고 34시간 동안 하산을 강행해야만 했다. 그들은 하산하는 동안 무려 영하 60도의 기온에서 또 다른 두 개의 산봉우리를 넘으며 40시간 동안 깨어 있었다.

# 긍정적인 마음가짐 (PMA)
## – 시수와 행복의 과학

놀랍게도 이제껏 시수에 대해 심리학적으로 접근한 연구는 거의 없었다. 하지만 핀란드 사람들의 겸손함으로 인해 시수가 널리 알려지지 않은 점을 고려한다면 그리 놀라운 일은 아니다. 그러나 시수가 긍정적인 행동에 도움이 되고 우리 스스로가 인지하고 있는 한계를 뛰어넘는 데 도움이 된다면, 시수는 인간 마음의 밝은 면을 북돋우려는 긍정 심리학("행복의 과학적 탐구")의 확장된 개념임이 분명하다.

긍정 심리학에서는 '인간은 도전적인 과제를 성공적으로 해냈을 때 행복을 느끼며, 정신적·심리적인 의식을 조절함으로써 자주 체험할 수 있다.'고 생각한다. 또한 개인, 집단, 사회가 성장하고 번창하도록 만드는 요인들을 발견하고 촉진하는 것을 목표로 삼는다. 낙관주의와 희망은 긍정적인 마음가짐의 필수적인 부분들이고, 그런 면에서 보았을 때 핀란드인들은 충분히 긍정적인 자세를 가지고 있다.

### 긍정적인 마음 이상의…

긍정적인 마음가짐(PMA)은 낙관주의에 대한 자기계발서와 훈련을 통해 태도가 수정될 수 있다는 생각과 함께 하나의 산업이 되었다. 모두 적절하고 좋은 의견이지만, 나는 시수가 단지 명랑한 낙관주의는 아니라고 생각한다. 오히려 그와는 정반대로 핀란드 사람들은 비록 아주 명랑한 낙관적 성격은 아니지만 지금껏 시수를 몸소 확인했고 실행에 옮겨 왔다. 이는 '당신이 시수와 친해지기 위해 반드시 낙관적일 필요가 있는가?'라는 질문을 스스로에게 던지게 한다.

사실, 나는 시수가 감정을 뛰어넘는 자원이라고 생각한다. 시수는 옳은 것을 느끼는 감정에 관한 것이 아니며 단순히 습득하는 것 이상으로 반드시 발견되어야 할 정신이라고 본다. 시수는 이미 존재하는 기반이고 힘을 북돋워 주는 생각이다.

# 신념을 지키며
# 위기에 맞서기

내게 닥친 위기를 극복하고,
힘든 상황 속에서도 나의 신념을 지키는 것,
끊임없이 변화하는 세상에서 진실한 사람이
되는 것까지, 인격을 강화시키고 용기를
북돋우는 시수의 힘을 발견해 보자.

# 근성 키우기
– 시수가 당신이 믿는 것을 위해 싸우도록 돕는 방법

우리가 살고 있는 세상은 점점 더 양극화되어 가는 것 같다. 선거 결과는 때때로 나라를 반으로 쪼개는 갈등을 드러낸다. 정치 외에도 종교, 이념, 환경 같은 주제들은 저마다 사람들의 감정을 흔들어 각기 다른 생각을 불러일으키는 능력이 있다. 이유가 무엇이든, 이것도 저것도 아닌 모호한 회색의 색조를 띤 것은 모두 흰색 혹은 검은색으로 명확하게 바뀌어야 한다는 요구를 받고 있다.

우리는 소셜 미디어를 통해 자신의 생각과 의견을 전 세계와 공유할 수 있는 세상에서 살고 있다. 또한 소셜 미디어로 소통하는 것이 좋든 싫든 이제 우리는 그러한 세상에서 품위 있고 진실한 태도로 세상을 대하는 것의 중요성이 점점 요구되고 있다.

### 혼자 힘으로 해내기
만약 내가 그렇게 하려고 한다면, 시수는 나에게 혼자 설 수 있는 용기를 준다. 시수는 나로 하여금 군중에 굴하지 않게 해 주고, 옳은 일을 하기 위해 다른 사람의 눈치를 보거나 허락받지 않게 해 준다. 시수를 갖는다는 건 다른 사람들로부터 받는 것이 아니라, 나의 내면 깊은 곳에서 자신에 대한 자신감과 믿음을 찾는 것을 의미한다.

"시수는 내가 가지고 있다는 걸
미처 모르는 예비 연료 탱크와도 같다."

# 나의 신념을 지지하기
## – 진실성, 용기, 존중 일구기

**확고한 원칙은 시수에서 중요한 가치다. 모든 상황에서 나의 분별력을 지켜 주는 기준은 "옳은 일을 하는 것"이다.**

### 진실성 일구기

우리의 생각 중에 많은 부분이 앞 세대에서 이어진 것이고, 우리는 비슷한 생각을 하는 사람들에 둘러싸여 거품을 만들어 내는 경향이 있다. 그렇다고 해도 우리가 현명한 결정을 내리는 데 도움이 될 정보가 부족한 것은 아니다.

나 자신에게 물어보자. 난 나를 이해하지 못하는 사람에게 내 입장을 설명할 수 있는가? 어떤 생각, 신념 또는 편견이 나의 세계관에 영향을 미치는가?

나의 생각은 고정되어 변하지 않는가, 아니면 기꺼이 바꿀 마음의 준비가 되어 있는가?

### 시수와 용기

1936년, 독일 함부르크의 조선소에서 해군 함정 호르스트 베셀호의 진수식이 성대한 환호 속에 치러졌다. 그리고 수많은 군중 속에 그곳 조선소에서 일하는 아우구스트 란트메서도 있었다. 모두가 나치를 위한 경례를 하는 속에서, 그는 홀로 팔짱을 낀 채 사진에 찍혀 눈에 띄고 말았다. (왼쪽 사진 참고)

이 소리 없는 저항은 상당히 진지한 시수를 필요로 한다. 란트메서는 결국 그 뒤 포로수용소에 갇혀 수년 동안 지내야 했다. 그는 그렇게 될 거라는 사실을 잘 알고 있었지만 위험을 감수했다. 그리고 그날에 보여 주었던 용기 있는 행동으로 오늘날 칭찬받는 유일한 사람이 되었다.

나 자신에게 물어보자. 어떤 상황에서도 내가 반드시 지켜야 할 것이 있는가? 내가 더 용기를 낼 수 있도록 도와주는 것이 있는가? 만약 그렇다면, 그것은 무엇인가?

### 시수와 존중심

시수로 행동하려면 존중은 필수적이다. 만약 내가 자신의 신념에만 신경을 쓰고 내 의견에 동의하지 않는 사람들을 무시한다면, 나는 존중받지 못한다. 존중심은 요구할 수 있는 것이 아니라, 단지 감화를 받을 뿐이다.

나 자신에게 물어보자. 나는 논쟁을 벌일 때 상대방을 존중하고 배려하는 말투인가? 아니면 거들먹거리거나 상대방을 무시하는 말투인가? 나는 다른 사람의 이야기를 잘 들어주는가?

# 시수 이야기
## – 사회운동가 에밀리아 라티와의 인터뷰

만약 시수에 관한 핀란드의 여성 일인자가 누구냐고 묻는다면, 누구든 응용심리학 박사 과정에 있는 에밀리아 라티(Emilia Lahti)를 꼽을 것이다. 에밀리아는 아마도 오직 시수에만 전념하는 세계에서 유일한 학자이자 사회운동가이며, 시수가 세상을 변화시킬 수 있다고 믿는 연설가이다.

에밀리아가 "우리 모두에게 내재된 놀라운 잠재력"이라고 부르는 시수를 연구하게 된 건 지독한 가정 폭력을 벗어나면서부터였다. 에밀리아는 시수 프로젝트의 일환으로 뉴질랜드를 가로질러 약 2400km를 달렸다.

### 당신은 시수를 어떻게 정의하나요?

"시수는 인간이 볼 수 있는 것의 한계를 넘어, 내 몸에 내재된 힘을 이용하는 보편적인 능력입니다. 시수는 알고 느끼는 능력이라기보다는 신체적이고 본능적이죠. 기개를 가지기보다는 시수를 가지세요. 기개는 우리가 목표에 도달하기 위해 집중해서 사용하는 열정입니다. 그러나 시수는 최악의 상황들을 극복하게 해 주는 용기이고, 포기하고 싶을 때 우리를 앞으로 나아가게 해 주는 새로운 활력이지요."

### 너무 과한 시수도 있을 수 있나요?

"시수는 중립적인 성격을 띠고 있어요. 그러니 시수가 무엇이 되는가는 우리가 어떻게 사용하는가에 달려 있지요. 하지만 여러분의 건강이나 여러분 주변 사람들을 힘들게 할 정도로 너무 강하게 자기 자신을 밀어붙일 가능성도 분명 있습니다. 그러니 우리는 언제나 우리 모두가 단지 인간일 뿐임을 기억하고, 나 자신과 서로를 배려해야 합니다."

### 시수에 대해 어떻게 이해해야 할까요?

"시수는 공동체적인 것입니다. 우리는 함께 있을 때 다른 무엇보다 강합니다. 시수는 매우 강력한 이미지, 그러니까 자칫 혼자 장애물을 헤쳐 나가는 영웅 같은 이미지로 여겨지지만, 우리가 서로에게 시수를 갖도록 격려할 때 우리 모두는 진정 날아오를 수 있습니다!"

### 어떻게 시수 프로젝트를 계획하게 되었나요?

"나는 시수에 관한 행동 연구를 진행하는 동안, 내가 자라면서 겪었던 가정 폭력에 대해 말하고 싶었어요. 뉴질랜드를 가로질러 달리는 것은 내가 할 수 있는 가장 대담한 일처럼 보였죠!"

# 시수로 채우기
## – 에밀리아가 들려준 최고의 조언들

### 1. 걸음마부터 시작하라

어려움을 극복할 수 있는 역량은 내 안에 있는 많은 것들을 합한 것이고, 시수를 위한 일률적인 방법은 없다. 너무 큰 목표를 세우면 어떤 지점에 이르렀을 때 더 나아가지 못하고 멈출 수 있다. 그러니 내가 관리할 수 있는 만큼만 목표를 잡아야 한다. 그리고 목표에 도달하려면 지금 무엇을 해야 하는지 자신에게 물어보라.

### 2. 첫걸음을 내디뎌라

과연 나는 얼마나 자주 나의 시작을 스스로 방해했을까? 실제로 너무나 많은 멋진 시도들이 스스로의 방해로 인해 빛을 보지 못하고 사그라지곤 한다. 왜냐하면 우리는 시도하는 것을 너무도 두려워하기 때문이다. 자신에게 물어보자. 만약 두려움이라는 장애물이 없었다면 나는 어떻게 했을까?

### 3. 손을 내밀어라

우리는 극심한 도전에 직면했을 때 마치 발가벗은 것처럼 무방비 상태로 도움을 구한다. 그리고 누구나 "너는 할 수 있어."라고 말해 주는 다른 사람들의 격려를 갈망한다. 시수를 누구나 갖고 있는 잠재력으로 이해하고, 인종, 종교, 성적 지향 그리고 다른 모든 것들을 넘어서 서로를 인정하는 것을 배울 때, 우리들 사이에 있는 보이지 않는 장벽은 무너질 수 있다고 확신한다.

"시수는 동사다. 시수는 당신이 행동하고,
실행하고, 무언가를 붙잡도록 이끈다."

# 시수와 함께
# 용기를 내어
# 시작하기

7

시수를 가지면 내가 원하는 삶을 살아가는
데 도움을 받을 수 있다. 더 나은 관계를 위해,
위기를 극복하고 더 건강하고 활기 넘치는
미래를 위해, 실제로 시도해 볼 수 있는
시수의 조언들을 알아보자.

# 시수와 행복

## – 몇 가지 생각들

나는 이 책을 쓰기 시작했을 때, 내가 과연 시수에 대한 책을 쓰기에 적당한 사람인지 궁금했다. 시수 하면 떠오르는 이미지는 거친 비바람이나 눈보라를 맞으며, 고드름이 매달린 수염을 늘어뜨리고 시커멓게 그을린 얼굴로 웃으면서 텐트를 치는 파타 데거만(134쪽 참고) 같은 사람들이었기 때문이다.

나는 시수를 대표하는 사람들보다는 확실히 더 조심스런 타입이다. 하지만 내가 이 책을 쓰면서 깨닫게 된 한 가지가 있다면, 시수의 모습에는 여러 가지가 있다는 사실이다. 우리들 대부분은 결코 전쟁을 경험하지 않을 것이다. 그리고 신체적으로 용감한 사람들은 대담한 삶을 선택할 수도 있겠지만, 대부분의 사람들은 좀 더 차분하고 조용한 삶을 선택한다. 그러나 우리 모두는 평생 동안 각자 자신만의 정상을 향해 오르는 탐험을 할 것이다.

### 시수의 힘

누군가 내게 시수가 우리를 행복하게 할 수 있느냐고 묻는다면 대답하기 어렵다. 사람마다 행복은 다른 의미를 지니기 때문이다. 그러나 핀란드 사람들은 시수가 모두에게 자유, 인내심, 복지, 성공 등을 주었다고 믿는다. 나 역시 시수가 우리를 행복하게 해 준다고 대답할 것이다. 만약 당신이 선택한 삶을 살고 있지 않다면 당신이 원하는 행복이란 과연 무엇일까? 그런 견해로 본다면 시수는 우리에게 선택권을 주고, 우리가 선택한 것을 극복할 수 있게 한다.

내가 생각하기에 핀란드 사람들은 '바로 이것'이라고 규정하기 어려운 강력한 시수의 힘을 증명하는 데 많은 노력을 들이지 않는다. 핀란드의 문화는 무척이나 낙관적이지 않고, 핀란드인들은 그들 자신을 높이 평가하지 않지만, 일반적으로 그 같은 상황을 성공하는 데 필수적인 것으로 생각한다. 그러니 선입견이 있다면 잊어버리자. 그저 나는 시수를 가진 사람이고, 당신도 그렇다.

# 시수와 함께 시작하기
## – 시수를 시작하기 위한 몇 가지

위기를 극복하고, 건강을 증진시키고, 아이들을 원기 왕성하게 키우고, 사회적으로 더 나은 관계를 갖기를 원하는 당신이 시수를 통해 용기와 희망 그리고 더 나은 무언가를 발견하게 되었기를 바란다.

여전히 시수의 개념이 확실하게 다가오지 않는다고 해도 지금까지와는 다른 삶을 시작하고 싶다면 몇 가지 간단한 방법부터 시도해 보자.

### 1. 자연으로 산책을 나가자

깊은 숨을 쉬고, 침묵하고, 과감히 나 자신과의 시간을 가져 보자.

### 2. 미뤄 두었던 공정한 대화를 해 보자

직접적이고 공정하게 의사소통하는 법을 실제 생활에 적용하면서, 상대방과 진심 어린 대화를 나눠 보자.

### 3. 혼자서 혹은 아이들을 데리고 소풍을 가 보자

날씨에 대해 불평하는 말에 넘어 가지 말고 날씨에 맞는 적당한 옷을 차려입고 자연으로 떠나자. 밖에 머무르는 동안 내 안에 있는 아이다운 면도 찾아보자.

### 4. 적절한 목표를 설정하자

다른 사람들에게 보이기 위한 목표가 아닌, 오직 나 자신을 위한 시수를 정하자.

### 5. 내가 온라인으로 어떻게 의사소통하는지 살펴보자

악의적인 익명성은 던져 버리고, 품위 있고 진실한 의사소통을 하자. 이제 자신의 힘을 찾기 위해 내면을 좀 더 자주 바라보는 스스로를 발견하게 될 것이다.

# 나의 시수 영웅

## – 내게 영감을 주는 사람

나는 이 책을 쓰면서 그동안 숨 쉬는 것처럼 당연한 것으로만 생각했던 시수에 대해 보다 명확하게 다가갈 수 있어 행복했다. 그리고 내 안에 있는 시수에 감사함을 느끼며 '시수는 우리가 서로를 격려해 주는 것'이라고 당신에게 말해 주고 싶다.

내게 있어 시수를 가장 잘 상징하는 인물은 내 동생이다. 내 남동생은 순간적으로 근육이 마비되는 만성적인 질병을 후천적으로 가지게 되었다. 동생은 목공예에 재능이 있어서 무척 아름다운 공예품을 만드는 일을 했는데, 하나의 작품이 완벽해질 때까지 쉼 없이 작업하곤 했다. 그리고 병을 갖게 된 뒤에도 예전과 똑같이 공예품을 만들고 있다. 언제 근육이 경련을 일으킬지 모르는 상황이지만, 작업을 완벽하게 마무리하는 과정만큼은 결코 포기하지 않는다. 예전에 비해 작품 하나를 완성하려면 다섯 배 혹은 열 배의 시간이 걸리고, 자신의 의지와 다르게 움직일 수밖에 없는 순간을 참을성 있게 견뎌 내야 하지만, 다시 힘을 내 공에 도구를 집어 든다. 동생은 갑자기 자신에게 찾아온 병을 강한 의지로 묵묵히 이겨 냄으로써 자신의 진정한 주인이 누구인지를 보여 주었다. 그리고 할 수 있는 한 잘 이겨 내서 오래 살 거라고 웃으며 말했고, 그 말대로 용감하게 해내고 있다. 그 모습이 나의 마음을 아프게 하지만 나는 동생을 볼 때마다 언제나 자부심으로 가득 차오른다.

나의 남동생은 몸이 약할지는 모르지만 정신만은 시수 그 자체다. 나는 이 책을 나의 동생과 동생처럼 외로이 자신과의 싸움을 벌이고 있을 세상의 모든 이들에게 바치고 싶다. 시수는 다양한 면모와 용도가 있지만 시수를 실제로 가질 수 있는 사람은 시도해 보는 바로 당신이다.

# 찾아보기

# 사진 안내

# 도움 자료

Page 50: The Finnish Association for Nature Conservation's tips: www.sll.fi/mita-me-teemme/ymparistokasvatus/hyvanmielenpolku

## 옮긴이

**김완균**은 한국외국어대학교 독일어과를 졸업하고 독일 괴팅겐 대학교에서 독문학을 전공, 문학박사 학위를 받았다. 현재, 대전대학교 H-LAC대학에서 교수로 재직하고 있다. 옮긴 책으로는 《가재바위 등대》, 《에스더의 싸이언스 데이트 1, 2》, 《하케 씨의 맛있는 가족 일기》, 《수영하는 사람》 등이 있다.

## 지은이

**조애나 닐룬트**는 핀란드에서 태어나고 자랐다. 15세 때, 지역의 어느 잡지에 음악평론을 기고하면서 글을 쓰기 시작했다. 영국의 대학에서 영문학을 전공한 후, 번역가, 저널리스트, 카피라이터, 사진사로 활동하고 있다. 핀란드의 여러 신문과 잡지에 문화, 문학, 역사 분야 관련 글들을 게재하는 외에, 핀란드 외무부 공식 포털인 "ThisIsFinland"에 핀란드의 모든 것에 관한 정기 칼럼을 올리고 있다. 지금은 헬싱키에 살면서 차가운 가을바람이 몰아치는 바닷가를 달리며 시수를 끌어올린다.